吻香

中国书店

图书在版编目(CIP)数据

吻香 / 超级熊猫著 . — 北京：中国书店，2018.5
ISBN 978‐7‐5149‐1981‐3

Ⅰ.①吻… Ⅱ.①超… Ⅲ.①长篇小说 – 中国 – 当代 Ⅳ.① I247.5

中国版本图书馆 CIP 数据核字（2018）第 033203 号

吻香

超级熊猫　著
责任编辑　梅　宇

出版发行	中国书店
地　　址	北京市西城区琉璃厂东街 115 号
邮　　编	100050
印　　刷	天津中印联印务有限公司
开　　本	700mm×1000mm　1/16
印　　张	14
字　　数	215 千字
版　　次	2018 年 6 月第 1 版
印　　次	2018 年 6 月第 1 次印刷
书　　号	ISBN 978-7-5149-1981-3
定　　价	32.00 元

吻香 目录 | contents

第一章	成了调香师	001
第二章	那么我等你	018
第三章	不会把你一个人丢下	027
第四章	三天的"约会指标"	040
第五章	差距还是非常大吗？	057
第六章	做自己真正想做的事	073

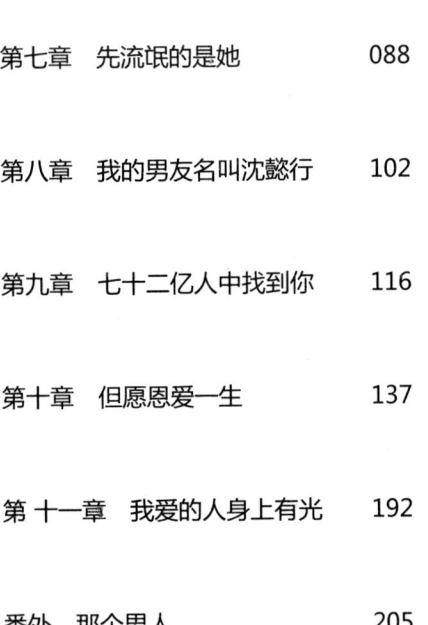

| 第七章 | 先流氓的是她 | 088 |

| 第八章 | 我的男友名叫沈懿行 | 102 |

| 第九章 | 七十二亿人中找到你 | 116 |

| 第十章 | 但愿恩爱一生 | 137 |

| 第十一章 | 我爱的人身上有光 | 192 |

番外　那个男人　　　　　　　　　205

第一章 成了调香师

"你是我的一个梦,但我不止这一个梦。"所以,让我们等待彼此吧。

在调香界有一句很有名的话:"上帝制造气味,人类制造香水。"

法国,凡尔赛,ISIPCA 法国国家香水、化妆品及食品香料高等学院。

法国培养了世界上几乎所有优秀的专业调香师,可以说是为各个国家输送专业调香人才的摇篮。ISIPCA 则是香水界最有名的学校之一,由娇兰家族的尚保罗·娇兰于 20 世纪 70 年代创建,有全世界最优秀的老师,还有最出色的学生,每年都有无数顶尖的调香师从 ISIPCA 走出。

符晓坐在教室当中,安安静静地听着讲。她长得很漂亮,肤色白皙,嘴唇红润,黑发瀑布一般。她是教室里唯一一个亚洲面孔,四周围绕着法国本地人。

杜波依斯教授金色头发、灰色眼睛,此刻正耐心地向学生们介绍原料,精致、复杂的法语在他的舌尖跳动:"这是桂花精油。桂花味道很像木樨草花,不过还是有一定差别的。桂花十分甜腻,木樨草花不是。桂花精油、浸膏主要成分均为紫罗兰酮,与各种花香、草香、木香都能协调……"

目前,世界上能用于调香的原料有几千种,而学习调香的第一步,便是"记住"全部常用原料的味道和性质。

说完一大段后,杜波依斯用几张试香纸蘸取了瓶子中的液体分发给学生们:"闻闻这个味道,谈谈感想——随便说什么都可以,畅所欲言。"

几个法国年轻人轻轻将试香纸放在鼻端:"这个也是白花,和茉莉、铃兰、小苍兰一样,可以衬托其他花的香气,使其显得馥郁。""含有内酯成分,也能弄成果香,比如桃子、杏子之类。"

符晓看看这个,瞅瞅那个,垂下眸子思索半晌,忽然举手"唱反调"道:"我倒不觉得它像个陪衬。桂花十里飘香,自古便有'物之美者,招摇之桂'这一说法。中榜登科被称'折桂',冠军荣誉被称'桂冠',桂花哪里会是陪衬?"

杜波依斯教授十分感兴趣地说："继续。"符晓又嗅了嗅："这花外表暗淡，一点都不张扬，但是只要桂花一开，气味便能传出很远，所到之处一路留香。我觉得，它像一位淑女，不以外表取悦于人，但却有美好的德行，远居深山，只留芬芳，很适合比较温柔的香水。"说到这里，符晓想起了李清照的那首著名的《鹧鸪天》词："暗淡轻黄体性柔，情疏迹远只香留。何须浅碧轻红色，自是花中第一流。"

"哈哈。"杜波依斯教授嘴角绽出一丝笑，"很有意思，很有意思。对于同样一种味道，东西方人，会有两种解读方式。这正说明，香水、香气，是经历的折射，能够勾起回忆。在人的五感中，没有什么比嗅觉更说不清、道不明。不过，有时，东西方人也会发现默契，这种默契十分难能可贵。"说完，他抬手看了看手表，"时间差不多了，今天的课就上到这里。"

周围人开始砰砰地收东西，符晓也低头将电脑、纸笔揣好，与同学道别，走出教室，打算回家给自己准备午餐了。

ISIPCA 校园很小，甚至可以说是袖珍。只有几栋不太大的楼，没有运动场、体育馆、游泳池、健身房，也没有餐厅、咖啡厅、只有个小食堂，里边有些卖汉堡的机器。汉堡不是新出炉的，只是那种冷冻汉堡。符晓嗜吃，根本受不了那个破食堂，于是买菜，一日三餐全都是自己做。

她一边走，一边掏出手机开始刷微博了。她的学业很忙，平时只有在吃饭等间歇才有时间看看网上消息。

没刷两条，符晓的拇指便僵在那里——她，竟然，偶然间在微博上看见了……她"半交往"中的对象！

那条微博的正文是："北大学霸男神，看完感受到了这世界的残酷！"

看见正文时，符晓并没有在意，她随便点开一张照片，发现……妈呀，这不是沈懿行吗？！

沈懿行，符晓那个诡异的"半交往"对象。

她的半个男友！虽然这样讲很奇怪，但的确是"半个男友"！

符晓战战兢兢回到第一条长微博，发现上面全是沈懿行的事迹，什么"本科毕业答辩，众教授们的评语是：建议授予博士学位"，什么"研一就在美国化学会的《物理化学期刊》上发表论文"，什么"毕业后开药厂，药的杂质只是原研药的百分之一"，什么"致力于研究中国首款创新药，前期动物实验结果好到炸裂"，什么"钢琴十级"……

第二到第八张照片，全是沈懿行的。照片基本都是他本科期间的，年轻得让符晓笑出了声。微博配图里只有第七、第八张是近照，是从沈懿行开的"嘉懿医药公司"网站"管理团队"那个页面上扒下来的。

而第九张……是张白纸，上面用大大的黑字歪歪扭扭地写着："重点：没有女朋友！没有女朋友！没有女朋友！"

"靠……"符晓小声嘟囔了下，"那我是啥？"说完有点悲哀，因为，她还真的……只是"半个女友"，虽然，这"半交往"是她自己提出来的。

再一看那微博的评论和转发。

评论三千，转发三万。

符晓随手展开评论还有转发，发现基本都在叫帅，或者膜拜这个简历，也有转发学霸保佑不挂科的，还有一些……隔着屏幕舔她"老公"。

"我都没有舔过……"一年之前，她逼着对方答应了，不能牵手、拥抱、亲吻，就连见面都有条件。不论有多渴望，在各自实现梦想前，都不能真正在一起。

符晓又跑去嘉懿公司官方微博瞅了一瞅——果然，也沦陷了，几条微博下面全都是观光团，尤其是那条公司管理层合影。沈懿行没微博，网友们便去轰炸公司官方微博了。

远在凡尔赛的符晓，突然觉得，特别特别有危机感……

沈懿行，太招人。

符晓找出沈懿行的微信,向对方发送了一条消息:"小样儿的,出息了啊。"

沈懿行立即便回了:"???"

"你在社交网络红了。"

沈懿行却依然还是:"???"

符晓想了一想,又问沈懿行道:"你在干什么呢?"

这回沈懿行倒是没有困惑了,他回了一条大约两秒的语音:"想你。"

看见"想你"这两个字,符晓的脸很神奇地红了。

沈懿行,是她在北大读硕士研究生期间三年的同班同学,两人都是化学专业。她在二十二到二十五岁的那三年当中,一直暗恋沈懿行。

不过,整整三年同学,他们两人的接触却非常有限。沈懿行的容貌精致,然而气质十分冷峻,与人有一种疏离感,因此,虽然他不仅仅是符晓的男神,还是很多人的男神,可很少有人敢去追求他,因为下场是可预见的惨。

在符晓的印象当中,读书期间,他们二人只讲过两次话。

第一次是研三那年十二月的年终聚餐。当时,因为喜欢香气,符晓在犹豫了很久之后,放弃了罗氏等多家全球排名前列的药厂"科学家"职位的终面,却跑去佩兰香精香料公司,面试了一个月薪只有四千元人民币的"气相色谱分析员"的工作,并且火速签了录取函。她成绩是全班第一,所有人都不理解她。在那次聚会上,她成了众人的焦点,平时没有交集的人也都问她:"听说你签了个月薪四千元的分析员工作?"就在她分外尴尬地解释自己喜欢香精香料这个行业时,一直十指交叉沉默地听着的沈懿行突然起身绕过桌子朝门外走,符晓以为他要去洗手间,于是往前边挪了挪凳子,结果……还没等折腾完,便忽然感到有修长有力的手指轻搭上她的肩膀,接着她耳边便传来了一个低沉性感的男声,还带着呼吸的热气:"加油。"符晓连忙转过头看,但却只看见了沈懿行的背影,正穿过人群向房间门口走去,那么好看,一如既往。

至于第二次……在毕业之前。毕业那天,同学们都互相赠送了礼物,而符晓呢,送了全班同学每人一个适合他的香水小样。她为沈懿行精心挑选了一款香水——爱马仕的团员男士香水,它代表了无所畏惧的精神,传达着一种成熟的才智。那天,沈懿行低头看了看香水,笑了,问该怎么使用,而当符晓告诉他可以擦在手腕、手肘等等有脉搏的地方后,沈懿行竟一抬胳膊露出了漂亮的手腕。当时符晓心脏怦怦直跳,左手微微发颤地握着沈懿行手腕,感受对方跃动着的脉搏,右手指尖抹了一点小样轻轻地擦上去。沈懿行的手腕温温热热,香水回旋上升,充斥两人鼻端,空气中有一种甜美的味道。最后,符晓对沈懿行说:"这是爱马仕的团员男士香水,很适合你,我把它作为毕业礼物送给你,希望你在将来闻到这一款香水时,还会想起你在北大时的这段时光,想起某时、某地……"话没讲完,便被沈懿行突然接了句:"还有某人。"

沈懿行毕业后,没有如同学们以为的那样出国读博士、进高校,而是与人合伙开了药厂,研制新药,治病、救人。他与一个学药学的、一个学生物的,还有一个学长一起,拿到了5000万的天使首轮融资,开了一家叫"嘉懿"的公司。

命运是个挺神奇的东西。符晓在北大念书时从来没有想过,她会在毕业后与沈懿行产生交集。

她还记得,缘分的开端是一条微信。

毕业半年之后,有天她在照常"视奸"沈懿行的朋友圈时,发现沈懿行讲了一些公司旅游的事情。那家酒店符晓住过,天天打折,实际价格只是沈懿行所说的三分之一，便提醒了下沈懿行。由此沈懿行发现了，公司的COO，首席运营官，每个月都会靠着虚开发票等行为贪掉几万块。而"嘉懿"的CEO，首席执行官，因为有把柄被捉住，一直纵容这种行为，还叫沈懿行也不要管了。

　　沈懿行决定不放任这件事情，打算联合投资人开股东大会罢免掉CEO，为了公司未来来个鱼死网破——不是你被踢出公司，便是我被踢出公司。可包括父母在内的所有人都让他忍："别作妖""你太年轻，不要搞事""听你父亲的不会错"……只有符晓一个人说："你应该把他们踢出公司，自己当CEO，他们配不上你对他们的信任"。

　　感情就是在那次沈懿行"患难"时悄然发出小芽的。

　　符晓又想到了沈懿行向自己表明心迹那天。

　　同时也是……自己提出"半交往"那天。

　　她忍不住陷入回忆——

　　记忆中天很蓝，空气十分清新。相对于北京的"一贯表现"，甚至蓝得有些唐突，好像掺了一些墨水似的。

　　那天上午，沈懿行赶到符晓家里时，符晓正在复习香水原料——在成为分析员大约半年之后，符晓因为偶然当中说出公司首席调香师章唯一某一款香水的灵感来源，十分幸运地成为章唯一的徒弟，转行当了她真正感兴趣的调香师。只是，她非调香专业出身，从头学习十分辛苦，需要付出大量时间。

　　见沈懿行来了，符晓便笑着道："正好正好。我刚复习了很多的香料知识，需要个人帮忙考一考我。"

　　沈懿行先是愣了下，而后勾唇笑了一笑："行啊。"

符晓指着客厅内的一个架子,道:"这架子上全都是香水的原料。"她想了想,神神秘秘而又傻乎乎地加了一句:"其实公司禁止把香料带走的……"

沈懿行:"……"

"因为也是化工产品……香精香料公司的实验室和别的实验室是一样的,会有关于保存、包装、运输等方面事宜的详细规定。"否则,被什么人倒进饮用水里咋办?她的老师章唯一出于信任,才让她把白天没记住的偷偷带走几滴回家"复习"。

沈懿行又是:"……"

符晓又继续指挥沈懿行:"你呢,就用瓶盖连着的小棍儿抹一点液体到试香纸上,将试香纸递给我闻,之后我会告诉你我认为它是什么,你看我辨认得正不正确——瓶子标签上有香料名称。"

"我明白了。"沈懿行点点头,轻描淡写地问,"不过,是不是应该设定个时限?"

"也对,"符晓琢磨了下,回答沈懿行说,"总不能无限制地思考下去,那,三十秒。三十秒讲不出,就按答错处理。"

沈懿行看着符晓,道:"提醒一下,答错的话,是会被惩罚的。"

符晓结结巴巴地问:"什、什么惩罚?"

沈懿行笑了笑:"任何惩罚。"

任何惩罚……是个……什么惩罚……听上去有点怕人……

不过,符晓很相信沈懿行。沈懿行一向是有风度的,她知道沈懿行不会做任何过分的事情。而且,她对"复习"很有规划——什么时候做第一遍,什么时候做第二遍,什么时候做第三遍,都是计划好的,应该不会卡壳。

见符晓没意见,沈懿行便问她:"那就开始?"

"开、开始吧。"符晓不知为何,有点紧张。

"那你坐沙发上,背对着我坐着。"

"好。"符晓也明白要背对着沈懿行,不然就会看见他拿的瓶子了。

说完,符晓便抱着膝盖坐在沙发上,后背靠着一边扶手,呆呆地透过玻璃拉门望着对面卧室的窗户——窗外景色正好,天空湛蓝高远,白云轻飘飘的,是难得的好天。放香水的柜子在沙发的侧面,因此符晓只能靠着扶手坐了。

沈懿行问:"还是你要蒙眼?"

"不、不要蒙眼……"一听蒙眼,符晓更紧张了。

沈懿行低笑了一声,没有再说什么了。

符晓听见沈懿行拧开了一个香水瓶子。几秒钟后,沈懿行修长的手指夹着一张试香纸从她的耳侧递了过来:"这是什么?"

符晓都不用接过来,便飞快地回答他说:"格拉斯茉莉。"格拉斯茉莉,比普通茉莉味道更美妙。

"嗯,"沈懿行抽回了手指,"可惜。"

符晓心里顿时"咯噔"一下:"错……了?"第一个就错了?!她弱到这程度?!

"没错。"

听到这话,符晓简直气晕:"没错你说'可惜'?!"

沈懿行道:"没错才可惜。"

可惜……符晓想:可惜什么啊?!

接着是第二种。符晓嗅了嗅,说:"海地岩兰草。"

"嗯,"沈懿行还是那一句,"可惜。"

"……"

又是一阵声音传来,符晓听见沈懿行说:"这个东西好臭……怎么会这么臭?"

符晓笑了:"有些香料高浓度时是很臭的,稀释了之后就会香气扑鼻了。"

一开始她十分难以接受,不过想到它将来的芬芳,便觉得可以暂时忍耐了。

"算了,我换一个……"沈懿行不想让符晓闻臭的,一边弄一边与符晓聊,"要记住这么多味道,我是有些难以想象。"

"这算什么,"符晓说,"不仅仅是香韵,对每一种香料,我们都要牢牢记住各种名称、产地、成分、结构、加工过程、安全性、价格,还有溶解性能,比如不同浓度下的气味。很多香料需要特殊溶剂溶解,我们也要记住这些处理方法以及所有香料在不同介质中的稳定程度等。对了,还有挥发。有的香料气味很快就会消失,有的则能持续很久;有的香气越来越淡,有的则能变得浓郁;有的刚拿出来时就是最好闻的,有的则要过段时间……把握挥发曲线才能够设置好前中后调。"顿了一顿,符晓又道,"然后才能学习搭配——不同香料配在一起气味会有什么变化,还有会不会起什么化学反应……同时了解'香调和声',就是,哪些常常配哪些,哪些不能配哪些……不过这些死记硬背的东西吧,我不觉得吃力。能考上北大的,没有一个不会背书的吧。"

沈懿行沉默了一下,说道:"不要太辛苦了。"

"笔记我都记了五大本了……在架子的第二层上面。"调香师都会有这种本子,写着各种信息和辅助记忆的方法,不会拿给人看。

"好吧。"沈懿行又递给了符晓一张试香纸,问她,"这个?"

"虎尾草。"

"这个?"

"安息香。"

沈懿行连着问了几十种,符晓全部都飞快地答了,而且一字不差。

到了十二点整,符晓看了看钟,说:"时间差不多了,最后一种了哦。"

"最后一种?"沈懿行看了看架子,随手拿下一个瓶子,抹了一点液体在试香纸上边,如之前那样将试香纸递过去,"就这个吧。"

他没想到,符晓嗅了嗅后,竟然半晌都没发出声音。

符晓嗅着那个味道，竟然有些不敢肯定。

有些香料，在不同浓度下，气味特别相似，很难分辨。符晓对其中的几种记忆能力不是很强，曾不止一次把那几种香料的气味给弄混了。

符晓坐在那里，绞尽脑汁回忆。

这……是不是……我想的呢？

符晓头发又顺又滑，此刻，发梢更像是被阳光镀上了一层金箔。

而她身后，沈懿行看着阳光中符晓的背影，看着她努力回忆的样子，再一次感到，他真的是好喜欢她。

沈懿行当然看得出符晓对他的好感，所以，当符晓用"需要复习"为由拒绝约会时，他是有些讶异的。

距离她输，还有十五秒。

沈懿行走上前去。

"嗯……"符晓还在思索，到底是哪一种……

沈懿行站在符晓的身后，而后微低着头，伸出手轻轻撩开了符晓左肩上的长发，露出了她小巧的耳朵和白皙的颈子，缓缓弯下了腰，在符晓的耳边轻轻说了一句："晓晓，我喜欢你……想永远和你在一起。"

仿佛一道惊雷在耳边炸开，突然听见那个她熟悉的低沉又性感的声音，符晓整个人都僵在了那里。

沈懿行……说什么？她呆呆地看着玻璃外的天空，忽然觉得自己也许是在梦中。

沈懿行还是轻握着他撩开的那绺长发，又说了句："三十秒……到了。"

"……"

"你没有答出来。"

"……"

"惩罚就是我的一个吻。"

"沈……"符晓的声带干涩地抖动着,"沈懿行……"

"去掉'沈'字。"沈懿行说,"叫'懿行'。"

"懿行……"

片刻之后,沈懿行问:"做好准备了吗?"

符晓坐在那里,仰起脸,呆呆地看着她上方的沈懿行。她的长发垂下,宛如绢绸。沈懿行在符晓身后,微微弯下腰看着她。此时的沈懿行,就像是湖边轻风中静立的一幅色彩鲜艳的图画,不动声色的外表下有浓烈的感情正欲喷薄而出。

见符晓一直仰着头,沈懿行再次压低了上身,双手按着沙发的扶手,缓缓靠近符晓。符晓将两只手用力绞在一起,指节都发白了。

到了一定距离之后,沈懿行顿了顿,伸手轻轻抬了一下符晓的下巴,让她再往后仰一点,而后又是停了几秒,便在符晓唇上落下了个蜻蜓点水式的吻。那吻十分温柔,好像微风,只在人皮肤上留下了痒痒的感觉。

沈懿行笑了笑,眉眼帅气依然。

符晓说:"沈……不对……懿行……"

沈懿行问:"你呢?"

符晓问:"什、什么?"

"对我有感觉吗?"

符晓重新使用了正常的坐姿,两手抱着膝盖,将小腿和脚藏在了长裙下边,小声地回答道:"研二时就有了。"性格原因,她永远不会否认真实的事情。她总觉得,那些都是她过去的重要部分,一点一点积累下来,人生的味道才会更醇烈绵长,有什么好隐藏的呢。

沈懿行走到了符晓对面坐下,修长的两条腿让人移不开眼。沈懿行看着符晓，问："那你……愿意和我在一起吗？"

符晓也定定地注视着沈懿行。

对方的话，宛如国画中山顶的氤氲，袅袅地将她的意识环绕在内，让她幸福得仿佛在雾里，却也有些看不见外面的景象了。

符晓努力地思考着，在极其有限的时间之内想了很多很多事情，各种思绪纷至沓来，渐渐地，她终于从很多情绪中拣出了重要的。

足足过了三分多钟，符晓才对沈懿行说："我们……换种形式交往行吗？"

"换种形式？"沈懿行挑了挑眉毛，貌似有些困惑地道，"要怎么换？"

"懿行，"符晓说，"我了解我自己。如果成了普通情侣，我会天天想要见你，而你……一定会满足我。"

沈懿行："……"

方才的那个吻，虽然只有一秒，却让符晓再一次意识到，她到底有多喜欢对方。

那个亲吻简直让她忘记一切，只希望更进一步接触沈懿行。

如果她放任自己成为对方正常意义上的女朋友，那她定会一刻不停地想见面、牵手、拥抱、亲吻，之后又会想结合、同居、结婚、生子。

可她明明还有那么多事要做。

她非科班出身，已经落后了整整七年，拼了命才能在短时间内追得上别人，不能耽搁。她的梦想是成为顶级调香师，第一个被世界认可的中国调香师，可她现在已经二十五岁，却还在学习原料这个阶段，如果"得到"男神，她会心猿意马。

而沈懿行，医药公司刚刚起步。他要管理，同时还要继续研发。符晓看到一些采访，听创业者讲过他们是怎么样才获得成功的——刚创业便交女朋友，不管怎么看都不可能算得上一个好的时机。

此时是他们两个最忙的时候——一个转行，一个创业。他们两个，和别的"情侣"不一样。

她无法自欺欺人说：到时注意一下、克制恋爱时间，不会耽误到事业哒。因为那一定是撒谎。那种事太难了，她会无法管住自己，而后慢慢习惯，直到有天丢盔弃甲。

不如，将一切都讲得清清楚楚。

"懿行，"符晓说，"我们俩……是因为'坚持自己''不忘初心'才会喜欢彼此的，对不对？"

"嗯？是。"

"我们两个，不能是对方的'拖累'，而应该是对方的'激励'……嗯，我不知道怎么讲……"

沈懿行的表情十分温柔："所以……"

"所以，我想，"符晓鼓起勇气说出了她心中的话，"我们两人现在，写下各自在相爱之前夜以继日为之奋斗的目标，之后……在实现当初那个目标前，不真正在一起。"她在说这话时，茶几上的百合散发出了浓郁的香气。

符晓又继续道："只有当某个人向着目标前进了一步时，他才可以要求一个周末约会作为奖励。我们不牵手、不亲吻，更不……那个什么，除了'奖励'，只用微信互相鼓励。而当我们都实现了……懿行，我们便自由地恋爱吧。"这样，她会为了自己，也为了沈懿行，在一条笔直的大路上不断地奔跑前行，那条路的尽头，是美丽的花园，里面有世界上最珍贵的花朵，那些花朵四季不谢、终年芳菲。

沈懿行勾了勾唇角，并没有恼怒的神色："那么，刚才那个亲吻，是短时间内的最后一个？"

"嗯。"

"这算是'半交往'？"偶尔约会，但什么都不做。

"是排他性的'半交往'。"符晓补充说道,"不能再和别人交往。"

"好啊,既然你想这样,"沈懿行说,"那我们就约定好了。"这种约定,和他的感情相悖,可他却没发现虚伪之处。

符晓站起身来,走到卧室拿出了一个很漂亮的笔记本,又回到客厅,直接一屁股坐在了茶几旁边的地板上,说:"那,你先写在第一页吧。"

"行。"说完,沈懿行便要落笔了。

"喂……"符晓突然喊了一声,之后气势变得很弱,"那个……那个,你不要写终生梦想……就写,阶段性的目标就好……"如果沈懿行写了个"要当全球市值第一企业",那她可把自己给坑惨了。

沈懿行唇角又是绽出一抹笑:"知道了。"

他唰唰写完后,便轮到了符晓。她打开第二页,也工工整整地写了。

写完之后,她翻回第一页,看着沈懿行飘逸的笔迹,一字一字念道:"拿到创新药的临床试验许可。"

沈懿行说:"嗯。嘉懿可能没有能力自己来做临床试验,所以我们目前的打算是,创新药做出来并拿到临床试验许可后,便将技术卖给其他药厂。"对第一款创新药来说,大概,合作是最好的方式。

符晓知道,沈懿行一直想要研制创新药。目前国内的主流就是仿制药,然而药仿得再好,终究是别人研发出来的,只是专利到期,为了"全人类"才让别人仿。专利通常是二十年到期,之后还有不同的"独占期",最长七年,也就是说,仿药,说明技术比美国等国家同行落后了至少二十年。国内有创新药的就那么几家,而且还大多是模仿(抢仿药),偶尔有优于同类的(创仿药),根据已有药物机理改进当前市场上的药物,迄今为止还没有什么人能找出新的药物机理研制第一代药。造成这种现象的因素有很多,比如科学基础不够,评审人员太少,审批时间过长,创新药不进入医保从而导致市场前景不被看好，还有最关键的，资金上的风险。一款创新药物，从研究机理到药物合成，再到动物实验和临床试验，通常需要十年，耗资十亿美金，业内戏称"双十"，而这个数字还在不断增长着，而最后能否成功却是无法确定的，很有可能到了最后，之前的钱全打了水漂。因此，在长远的不确定下，中国企业通常选择获利当下。不过，已经有了几家公司野心毕露，正在研制某些机理的一代药，而且据说模型中的效果不错，正赶着要在全球第一个上市，率领中国进入 3.0 的时代。

符晓翻开了第二页，说："我是，独立调制出的香水在市场上正式销售。"她要真正入行，并让写着她名字的香水面市。

"符晓，"沈懿行看着符晓，说，"你真的明白吗？拿到临床试验许可，说明将药做出来了……这个过程，顺利的话，也是需要三五年的。"

"我知道呀。"符晓回答，"新人想成长为成熟的调香师，其实同样需要好些个年头的。"调香师，同样是十年磨一剑的职业。很多调香师都在入门很久后，才会觉得自己摸到了些门道，至于变得出色，更离不开时间。不过，她对自己很有自信，也对沈懿行有信心，否则，她不会这么约。

说完，符晓笑了一笑："谁让咱们两个，都喜欢上了这种行业呢？"

沈懿行说："我们总有相似之处。"

他很清楚，下次吻到对方，不知是何时了。

"懿行，"符晓很认真地说道，"你是我的一个梦，但我不止这一个梦。"虽然，你是最色彩斑斓的那个——因为我们喜欢彼此，所以，让我们等待彼此吧。"

思绪回来。

符晓站在凡尔赛 ISIPCA 的校园中，对着沈懿行的微信头像，心里边又涌起一阵暖意，虽然，他们两人此刻天各一方。

她和沈懿行，已经"半交往"两年了。第一年，她在佩兰香精香料公司当调香师，第二年，她在对方的支持下远赴法国进修。

符晓通过微信对对方道："懿行，我找到了一个暑期实习的机会，从五月到九月。是罗伯特香精香料公司，世界排名前十，考完期末考就去位于格拉斯的总部上班。"

"恭喜。"

"嘿嘿……然后，我想五月就开始构思毕业作品，一年左右完成调制，这样一来，倘若可以达到毕业要求，归国日期便可以被提前一年。"

"晓晓，"沈懿行有些疑惑地问道，"你不是刚去了一年？你说这个项目读完需要三年，那么……毕业项目不是应该等到最后一年再做？"

符晓的脸在微风中有些红了："学校允许提前毕业……只要在两年内修完全部课程，毕业作品又能达到毕业要求，就可以收拾铺盖了！我之前在佩兰工作过两年了，其中有一年半都是当调香师，章唯一教了我很多东西，我有这方面的基础，所以我想可以试试早点把该学的课程全部学完。"

"不会太累了吗？"

"不会。"符晓的脸更加红了，"懿行……我想早点回到中国，达成我定下的那个目标，痛痛快快地和你在一起。"

沈懿行撩了下唇角："那么我等着你。"

…………

第二章　那么我等你

　　在这样的氛当中,符晓再一次确定了,她好喜欢对面的人。

五月，符晓结束了期末考，便奔赴罗伯特开始了她的实习。

罗伯特香精香料是世界排名前十的香精香料公司，总部位于法国香水之都格拉斯，在二十几个国家有分公司，在五十几个国家有办事处，还有二十多个生产中心，全球共有几千名员工，其中包括近百位调香师。

符晓本来以为她能学到很多知识、技巧，谁知……实际情况却与预想中的完全不同。

符晓很快便发现了，她作为实习生是没有太多工作的。公司的人只会将一些简单的活儿交给她做，比如色谱分析、QC（质量控制）、稳定性测试……那些工作十分机械，让她很难学到什么。

这可怎么办呢……符晓有些着急。

晚上躺在法兰西的夜幕下时，她总忍不住想，我狠心离开沈懿行飞越重洋到这儿，不是为了给初级调香师们打杂的！与其在这打杂，还不如让章唯一敲她脑袋呢！

想了几天之后，符晓终于决定，她不要面子了，她要主动出击！

在决定好的第二天，符晓便问她的老板："您……您中午有时间一起吃个饭吗？"

老板虽然颇为诧异，但还是答应了她。

老板在业界十分有名气，叫阿兰，曾为香奈儿等国际大牌制出过几款畅销香水，职位是"副总裁兼高级调香师"。他和符晓其实打交道并不多，只知道有符晓这么号人而已——平时，都是初级调香师们直接给符晓布置任务的，这也是实习生们的普遍状况，很多人到实习结束时都没和老板讲过几句话。

而后，在食堂里，符晓颤巍巍地开门见山地说："我有一些调香方面的问题想问您。"

阿兰微微地挑了挑眉："你说。"

"谢谢……"符晓拎出了一本书，翻到书中某页，问出了她的第一个问题，"作为溶剂，这里为何用丙二醇，怎么不是乙醇？"

公司书架上有很多调香的书，都是公司认为比较有价值的。此外，公司的调香师还会自己写些资料，放在公司内部的网站上供人下载。符晓挑了一些仔仔细细地看，将所有有疑问的地方夹上纸，为的就是亲自向老板讨教。

见符晓这么认真，老板眼神有点变了："哦，这个啊，是这么一回事……与乙醇不一样，丙二醇无臭，只有很温和的甜味，所以与某些香料组合起来味道会更好闻。它对香料的溶解性比乙醇差，但是如果配方中的香料并不需要很高的溶解度，丙二醇也是一个很好的选择。而且，乙醇存在税收问题，用丙二醇可以降低成本。"

"原来如此……"符晓唰唰地记录信息。

整个午餐，大约用了一个小时，老板将符晓所有的问题全都解答了。他们一下用法文，一下又用英文，两种语言间的切换全无征兆。

最后，收拾盘子离开时，符晓用期待的眼神看着老板说："以后……还能一起吃饭吗？"

"……当然可以。"

就这么着，符晓天天回家看书，时不时利用午餐期间的一小时向她的老板讨教她不懂的问题。后来，就不再仅仅局限于书了，符晓会问老板他当时调制那些经典香水时的情况是怎么样的，有无困难，遇到困难又是怎么样解决的。

她发现，在老板讲述自己经历的过程中，她能学到很多技术。她听着听着，总是惊讶地长大嘴巴，想：原来还能这样？！原料还能这样脱色？还能这样搭配？精油还能这样修改？

老板为她开阔视野，令她见到了许多新的道路。

这样，大约过了两个星期，符晓老板突然叫符晓去参与他的一个项目。于是，符晓近距离看见了，世界顶级的调香师，是如何调配出一款与众不同的香水的。

这与她此前看章唯一调制时不一样。
她说不好什么感觉，但是觉得十分感动。

"学习知识、技巧"的问题解决了，符晓又有了一个全新的苦恼，就是，她不知道毕业作品到底要弄什么。

对于创香来说，最基本的同时也是最重要的，便是确定主题。调香师最重要的本事不是熟悉原料，而是能赋予香水内涵的本事——技巧都是可以教的，但创造力却没法教。

她越着急，越不知道该弄什么毕业作品，这种焦虑甚至被传达给了在北京的沈懿行。

符晓十分执拗地道："不行，必须尽快着手调制……"

"为什么？"

"早回去……不让你老等我……"

沈懿行又笑了："等等你有什么？"

"总……总之不要啦……"

"你跟我还要强什么？"沈懿行的声音缓缓地，像音符，"晓晓，我们有几十年可以天天在一起的，不在乎几个月，甚至不在乎一两年。二十几年我都等了，怎么会在乎再等长点？"

"哪有二十几年……"符晓反问，"你还真从小学开始等吗……"

"还真的是二十几年。"沈懿行笑笑道，"大家都很早熟，小学就懂得恋爱了。"

符晓问："懿行，是不是从小学到大学，都有很多人喜欢你？"一路男神、校草，这样上来。

沈懿行不要脸地说："当然。"他一直是"别人家的孩子"。

"……"

"我从没接受过其中任何一个，"沈懿行继续道，"一直都在等晓晓你，说不定上辈子就在等了，也可能是上上辈子……总之那么久都等了，你不要过于焦虑了。"

符晓的心又是猛烈地跳了下，她说："懿行……我好喜欢你啊。我现在才知道，上学时的暗恋根本不叫喜欢。"虽然，她喜欢的是同一人，但当时的程度与她现在相比，不值一提。

"我也是。"

顿了一顿，沈懿行突然又开口："我正巧有件事情，要参加个会议，下周要飞一趟欧洲，到时去看看你。"

"咦？"

"之前'约会天数'已经攒到三天了吧？正好。"

"嗯……"符晓拿着电话的手指微微发着热，"好。"

于是，时隔几年之后，沈懿行再一次到了法国。

格拉斯距离戛纳只有半小时车程。小镇是戛纳后花园，空气仿佛都是香的。人在大街小巷当中漫步、呼吸独特的芬芳时，可以感受到普罗旺斯那种独特的浪漫。格拉斯依山而建，石阶蜿蜒而上，民居分置两边，最高海拔大约有350米。城中某些地方可以看见大海，地中海的海风使这里十分适宜花朵生长。

此时正值五月，玫瑰花盛开的季节，镇上正在举办自1971年开始便每年都会举办的格拉斯玫瑰节。几万朵玫瑰花全部被放置在市中心的广场，让参加玫瑰节的众人看得眼花缭乱、目不暇接。来自法国、荷兰、保加利亚、摩洛哥等地的玫瑰竞相绽放，娇艳欲滴。

不仅如此，整个格拉斯小镇都有玫瑰花装点。格拉斯最高处的香水喷泉被粉色玫瑰围绕，就连两侧台阶的扶手上边也全都是花。同样的花还缠绕着街上的路灯底座和其他的标志物。街道上方悬挂着玫瑰花串和香氛喷雾，喷雾每隔一段时间便会喷出醉人香氛，甚至连议政厅、法院等政府部门门前都有大束的玫瑰。街上店铺店主们都在极力地兜售精油、香薰、香皂、香包、干花等物。

沈懿行穿梭在花市里，觉得氛围有些新鲜——符晓的世界和他的世界其实是完全不一样的。

符晓也很仔细地看，遇到她喜欢的玫瑰便掏钱买下来，胸前花束越来越大。

她一边买，还一边向沈懿行讲解道："这叫千叶玫瑰，也叫作格拉斯玫瑰，产自本地。粉红色的，与保加利亚的大马士革玫瑰外形非常相似，不过，千叶玫瑰托根基本无刺，大马士革玫瑰托根则遍布小刺。香奈儿5号香水就是以这种玫瑰为原料的。"

"哦……"

"看，这就是保加利亚大马士革玫瑰，名气超大，花香较淡……很像千叶玫瑰吧?"

"嗯。"

符晓又收了几朵艳红色的花:"这是墨红玫瑰,其实是月季啦,有丝绒一样的质感。"

沈懿行又点头。

"这个,叫撒哈拉,产自摩洛哥的。花瓣外红内黄,是不是很漂亮?"

"是。"

最后,符晓抱了一大捧花,"呼"地一下递到沈懿行的面前,两颊红扑扑的:"懿行,送你。"

"又送给我?"

"嗯。"符晓眨眨眼,看着对方眼睛,"你这么好这么好,自然不能只用街边花店红玫瑰配……格拉斯玫瑰节,基本有世界上最全的玫瑰花品种……我想,把最漂亮的玫瑰花,集在一起,全部献给你。"她讲的话是发自内心的,她就觉得,她要把最漂亮的玫瑰花,全部都献给沈懿行。

沈懿行笑了笑,伸手接过花束:"明天要去哪里?有什么安排吗?"

"去花田呀。"

"好。"

格拉斯有大片花田。这座小镇位于阿尔卑斯山与地中海之间,环境非常适合花卉生长。源自阿尔卑斯山的溪流令土壤很肥沃,而冷风则被高山挡在外面。夏季,地中海的海风使格拉斯空气湿润。

在格拉斯附近的溪谷当中,一条小路蜿蜒穿过,小路一侧是一条叫塞瓦涅的溪流,另一侧便是玫瑰、茉莉等花田。

符晓到过花田多次,专心为沈懿行介绍:"这花田叫'Le Petit Campadieu',法语的意思是'上帝的小营地',有 100 公顷,一半种玫瑰,一半种茉莉,由约瑟夫·穆尔经营,她也是花田的第五代经营者。从 20 世纪 30 年代起,这里就是香奈儿的香料供应商了。每年五月，这里都会收割50吨玫瑰，其中20吨用于服务香奈儿，到了九月，再收割25吨茉莉，全部给香奈儿。其实，因为价格过高，来这里收原料的公司不多了，但香奈儿并没有撤。哦，格拉斯周围还有别的花田，比如迪奥的供应商。"说到这里，符晓突然觉得"香水"有些神奇——自然创造出了香气，而他们这些人，将香气留住、送给喜欢它的人。

在花田中，很多工人边走边摘，动作迅速地将花朵放入花袋。每一区土地的尽头，都有工作人员拿着袋子收集花朵。

"花朵要在早上采摘才能得到更多精油。"符晓对旁边的人说，"摘下之后，立刻送到索特拉弗洛工厂，进行为时七小时的三次萃取，萃取过后，400公斤玫瑰可以得到一公斤的蜡状精油。蜡状精油在被送到香奈儿总部后还要经历三天蒸馏，最后变成600克液体精油。"

沈懿行有点诧异地问道："400公斤玫瑰只能制成600克精油？"

"所以说它贵呢……"

"……"

"来，我教你怎么采吧。"符晓伸手掐住花萼，旋转着轻轻地一折，只听"咔"的一声，花便被摘下了。

沈懿行问："可以采吗？"

"可以，采了之后明年长势会更好呢。"

不过，沈懿行却没有忙着采摘。他沿着花田慢慢向前走，用眼尾扫着两旁的玫瑰。过了片刻，他终于在一朵花前站定，将修长的手指搭在了花萼上，并轻轻地将它折了下来。那朵玫瑰又大又艳，在五月的风中开得正盛，柔软的花瓣还带些晨露，反射着金色的阳光。

"嗯……"符晓凑过脑袋看——果然，这朵花是最漂亮的，比沿路上其他的花都要美丽。

沈懿行温和地看着符晓，突然用修长的手指捏着花茎，将玫瑰花花瓣伸到符晓面前，在她的唇上轻轻地点了一下。

"嗯……"冷不丁碰到了花瓣，符晓问，"你干什么？"

"嗯……"沈懿行一手捏着花，另一只手撑着下巴，嘴角绽出一个微笑，"你说，在目标达成前，我们不能亲吻。"

"对……"

沈懿行说："那就让它代我吻吻你吧。"

符晓愣愣地盯着被插回玻璃瓶中的那朵玫瑰花，脸上发烧，垂下眼睛，半天不敢再看她对面的沈懿行那双明亮的眸子。

在这样的气氛当中，符晓再一次确定了，她好喜欢对面的人。一年来漫长的思念开闸泄洪一般地涌出来，每根骨头、每条血管、每个细胞，都被那种思念充盈。她的鼻端仿佛嗅到了甜甜的香气。

他们两人从同一所学校走出，很克制地携手前行，为了迈入自己梦想中的"明天"——她想成为国际知名的调香师，沈懿行想制造本土的创新药。

在一瞬间，符晓决定了，毕业作品的主题是——"明天"。

第三章　不会把你一个人丢下

　　我不会丢下你。只要你在等我,我就不会离开,你要记住这点。

一回到位于格拉斯市的酒店,符晓便匆匆地与沈懿行告别,一头钻进自己房间,开始专心思索"明天"。

在符晓的设定当中,"明天"是一款中低端香水,面向刚刚毕业的年轻人。对于未来充满希望,有着年轻人的锐气。没有在社会摸爬滚打过,也未曾被现实磨平棱角,就像……刚刚决定交往时的她和沈懿行一样。那时他们两人毕业不到一年,眼睛里满怀着对"明天"的憧憬。

为了寻求灵感,她先看了看知名调香师是如何制作类似香水的。她把安娜苏的"逐梦翎雀女性香水"等经典款全都分析了一遍,并仔细体会了这些大牌是如何鼓励人们追随心灵、释放真实、展现狂放、勇敢逐梦的。

接着,符晓又拿出了本子,将她已学会的一千种香料的味道和内涵逐一回忆了一遍。

在这两个过程当中,符晓渐渐地有了点思路。

前调代表校园,中调代表刚刚毕业那段时光,后调则是……最广阔的未来。

她先确定的是后调——气息温暖、回味悠长的白麝香。在符晓看来,毕业后的这段时间会对人影响深远,人多年后回过头看,应该也依然能感受到和煦的春风吧。

至于中调,符晓想到了那些美丽夺目却又略带狂野的花香,比如紫罗兰……符晓觉得,制造这样一个花圃,并肆意妄为、大张旗鼓地诠释花朵的味道,是比较符合产品定位的。到时,可以再加一点蜂蜜,因为这个过程的确是有点香甜的。

然而,对于前调,符晓依然没有头绪。

她的第一想法就是,用那些比较"干净、纯洁"的味道来代表人在大学里学习的时光。前调、中调、后调，分别代表学校、刚毕业的时光以及遥远未来。不过，她只兴奋了几秒钟，便无法喜欢这创意。"干净、纯洁"能等于校园生活么？前味消散、中味袭来之时，难道便意味着，人一毕业，就不再"干净、纯洁"了？当然不是，这味道，应该是贯穿前味、中味的，甚至还应当绵延到后味。刚毕业的学生，大概是同样既天真又有野性的吧。倘若简单粗暴地使用味道，显得她也太没有实际水平了……那么，该用什么代表"学校"？

愁……

她也知道校园生活是什么样。

本科时，为了出国或者保研、考研，大家天天猛学，学得眼睛全都坏了，就她还没有戴眼镜。研究生时，为了出国或者保博、应聘，大家天天猛学，学得眼睛越发坏了，也就她还没有戴眼镜，哦，还有沈懿行。

不堪回首……符晓忍不住摸了摸眼睛。

坐着发了好久的呆，符晓重新站起身来，走到沈懿行的房间前，轻轻叩了叩房间门。

很快，她便听见了开锁的声音。

沈懿行似乎刚刚洗完澡，发梢上的水珠顺着他的脖颈滑落，一直消失在衬衣领口里，让符晓的脸颊瞬间便"腾"地红起来。

"晓晓？"沈懿行问，"怎么？"

"我……我……我想和你回忆一下在北大的日子。"

沈懿行颇为疑惑地反问："回忆一下在北大的日子？"

"嗯。"

"好吧。"沈懿行笑笑，将符晓迎了进去，再到小冰箱里拿了瓶纯净水，"不过，还是有规则的。"

"又、又是什么规则……"符晓接过了水，走到窗前，看着外面的露台，用力一拧瓶盖，竟然没开！

简直不敢相信……符晓正打算大力拧瓶盖，却突然见一只手从她肩膀上伸过，直接从她两只手里抽出了那瓶饮料，又越过她肩膀缩回身后。

"……"

"好了。"沈懿行站在她身后，拧开盖子，拎着瓶口，将饮料越过头顶放在她眼前。他的手腕上还有符晓为他选的淡淡的香水，让符晓有了片刻的恍惚。沈懿行伸手拉开玻璃门，推了一下符晓，让她坐在桌前："规则就是，每个人都可以问对方上学时的事，被问到的人必须回答。"

"好……好哦。"

沈懿行紧盯着符晓："那么，我先开始问了——你什么时候开始暗恋我的？"

"哇……"

沈懿行勾了勾唇："说。"

符晓只得老老实实地回答说："最开始可能只是'崇拜'吧……你研一时就在核心期刊上发表论文了，后来，我听说你打算创业，研究新药治病救人，而中国一个真正意义上的创新药都还没有呢——我就……有天突然觉得，你好像会发光。"当然最重要的是，你还长得那么好看……

沈懿行默默地看着符晓。

符晓嘻嘻一笑，问："你记得我们第一次说话是什么时候吗？"

沈懿行问："难道不是你签了工作后，我在聚餐时对你说'加油'？"

"不是……"

"那……"

"是研一的第一学期期末之前……"

见沈懿行似乎完全没印象，符晓继续描述当时那个情景："因为我笔记写得好，平时成绩也好，期末考试之前大家都管我借笔记。"

"嗯。"

"在化学楼上完考试前的最后一节课后，有人借我笔记复印，我就随手给了他了，对于到底是谁借的也记得不是很清楚……当时才过一个学期，对同学印象也不深。我左等右等吧，那人也不回来。我就回忆到底是谁借的，可是怎么都想不起来了。依稀记得那人长得特别好看，我筛选了一遍咱班同学之后，觉得是你。"

沈懿行说："我从来不管别人借笔记。"

符晓又开口说："于是，我就问别人要了你的手机号，在教室外的走廊打电话给你。"

"然后呢？"

"然后，我第一句话就问你在哪？你说，你在宿舍。我听了后那个气啊……我还在等我的笔记，你怎么能回宿舍呢？！于是我就痛斥了你，我说：'沈懿行，我都还没走呢！你怎么能把我丢下，自己一个人离开了？！我可一直都在等你！'"

沈懿行强忍着笑问："再之后呢？"

"再之后啊……那个……你沉默了一下，问我什么意思……我意识到不对，赶紧挂了电话……我刚挂了电话还不到一秒钟，借走我笔记的人就赶回来了……他说复印室队排得特长，他花了很久才印到笔记，于是我确定我打错电话了。"

"原来这件悬案和你有关。"沈懿行慢条斯理地说道，"我记得有个女生给我打电话，一开口就吼我为什么不等她，因为太过莫名其妙，导致我的印象很深。"

"呃……"

"晓晓，"沈懿行看着符晓的眼睛，"我不会丢下你。只要你在等我，我就不会离开，你要记住这点。"

符晓的心颤了一下。此时蓝色的水在上方缓缓地流动，流逝的时间温柔得仿佛沙漏中的细沙。

沈懿行想了想，转移了个话题："我当时的笔记也常被人借走。"

"我看过，哈哈哈，重点特别清楚。"她自己也非常会记，不过当时因为在暗恋沈懿行，符晓也会在班里人复印沈懿行的笔记时暗戳戳地说一句"帮我也印一份"，而后偷偷地保管好，小心地放在自己抽屉的最里边。

在与沈懿行回忆起那些事时，符晓自己也不知是怎么回事，当年她并不喜欢的念书和做实验，好似突然间便放射出几道美好的光线。就像一块晶体，平常瞧着似乎平常无奇，而倘若从某个特定角度去看，便会发现它也会有无可比拟的光彩。

符晓仿佛又回到了学校的化学楼内，鼻端飘散着书本和笔记淡淡的墨香。那种味道十分好闻，仿佛是回到家中之后喝一杯牛奶，从循规蹈矩中体会出了一丝清甜。

符晓在陷入回忆时，总能闻到一些味道。

墨香……

墨香……

符晓睁大了眼。

"怎么了？"沈懿行问。

符晓却没有回答他。

一个念头忽地从她心中猛烈地蹿出来。

那款面向刚毕业年轻人的名字为"明天"的香水，代表校园的前调主基调，可以选择……墨香。

胸藏文墨怀若谷，腹有诗书气自华。

这不是香料的一种，没人会将它当作香料的，但她可以制作出来，特立独行地将它当作一种味道。

　　以淡墨香做主结构，配以其他各种香料，制作出一种清新怡人的味道，并且将它作为前调。

　　在格拉斯的第三天，沈懿行和符晓又逛了逛其他几个景点。

　　在加里玛香水厂中沈懿行也试着制了一瓶香水。虽然符晓是一个调香师，但沈懿行却不懂调香——他总不会跑去佩兰公司，动手动脚地操作那些仪器。沈懿行一直想了解符晓，格拉斯终于给了他机会。

　　在参观了一两个博物馆、了解了更多香水历史后，两个人在餐厅吃了一点法餐。所谓"大餐"，花了符晓六十欧元。沈懿行送了符晓一条绿色的四叶草项链，绿松石嵌在黄金当中显得十分别致。

　　晚上，两人在小巷中缓缓地漫步。格拉斯是香水城市，街道两旁都是香水小店，说不准哪家的店主就是一位退隐了的"高人"。符晓喜欢乱钻乱看，享受无意中"淘"到心爱商品的乐趣，那说明着一种机缘，是将他们千里相牵的独特的宿命感。

　　夜半时分，沈懿行搭上了回北京的航班——三天的"约会指标"，已经全部用完了。

　　临出发前，沈懿行还从那束玫瑰的每一种花中都选了一朵制成了标本。他将花朵仔细地压平了，夹在一本书中，样子十分认真，让符晓都有一些脸红了。她知道，那些花对沈懿行来说，将是很特别的东西。

　　…………

　　而回到 ISIPCA 校园的符晓呢，则正式开始动手调制"明天"了。

她请了杜波依斯教授来当她毕业作品的指导教授，并且详细地对其讲述了自己的创意："我想……前调就用'墨香'，用'墨香'代表象牙塔；以美丽夺目却又略带狂野的花香作为中调，紫罗兰之类的，用来彰显刚刚毕业时那种年轻锋利的感觉；后调是白麝香，气息温暖，回味悠长，久久不散，代表充满希望的这段日子将对人影响深远。"

"墨香？"杜波依斯教授果然直接注意到"墨香"，语气里边有着极明显的诧异，"墨香？"

"……对。"

杜波依斯教授思索了半晌，突然笑了一声："墨香吗，有意思——你怎么想到的？"

"就……就是和'男友'一起回忆从前时，突然间就仿佛回到了教室里，鼻端充斥着书本的那种味道，觉得'墨香'最能代表学生时代。"

"还从来没听说有这个味道的香水。"杜波依斯教授又是笑了笑，"不过，墨汁的主要成分恐怕不在香料调色盘中，难道你想把它们当成'香料'吗？这里有一个严重的问题——香水香料要通过安全性测试，而煤炭、松烟是不是合格，其实是要打个巨大的问号的。"香水是喷在人的身上的，不是什么原料都可以用。

"不。"符晓说，"我没打算创造新的香调出来……因此，我想，用现有的香料调制'墨香'出来。"创造新的香调有点惊世骇俗，还是先用现有原料调制好了。

"用现有香料调制吗？可以想象会很艰难。"

"我……我觉得……应当可行……"话虽是这么说，不过符晓的气势明显弱了一大截。

杜波依斯教授摇摇头："不一定哦。"

符晓顿时紧张起来。

"不过，可以一试。"

符晓提起的气又缓缓落下去："太好了……"

接着，便是正式调制。

符晓先跑去了商场，把各个牌子的墨汁和碳素墨水都买了一瓶回去，她也第一次知道还有那么多昂贵的墨水。而后，她便坐在实验室内，一瓶一瓶地逐一闻过去，许久之后才确定了自己想要的是哪种墨香。

记住味道之后，符晓便开始想象了，哪些香料搭配以后可能有"墨香"。
因为这是一种非常"新"的味道，之前她学习的那些"香调和声"都用不上。她知道很多不同种的香料混合的味道，然而那些"组合知识"全都无法用在这里。她要完全凭着想象猜测哪些香料可以作为根基，可这实在太难——N种味道混在一起，谁知道究竟会变成什么样子？何况还会发生化学反应！在看见很多不同颜色时，人无法想象混合的效果，同理，在闻到很多不同气味时，人也是无法想象混合后的效果。

符晓只能根据她的知识、经验，不断地推测可能的成分，而后实际动手操作一下，发现不靠谱后再推翻了重想。
她日复一日地调配"墨香"，杜波依斯教授也日复一日地指导她。

有天晚上，她和沈懿行讲起了她的挫败。
沈懿行笑了笑，说："其实，和我找化合物还是挺像的呢。"听到符晓"咦"的声音，沈懿行继续解释道："我是要利用已知的元素，在无数种可能的组合中找到自己所需要的。你呢，也是……"
符晓接道："要利用已经有的香料，在无数种可能的组合中找到自己所需要的。"

他们两人，都在大海里边捞针。

香水原料最少有几千种，常见的便有一千种，她呢，需要在众多味道中，确定制造"墨香"的原料和比例。

而对于沈懿行来说，想找到化合物更难——这世界上，可能存在的分子结构数目很庞大，大约是10的60次方，"比宇宙大爆炸以来流逝的秒数还要多"。而研究人员呢，要利用知识、经验和工具，猜测可能发挥预期效果的化合物并且将其制造出来，考察它的活性，进行构效分析，根据结果改造，再分析、再改造，不断重复这些步骤，直到得到活性理想的化合物。这个过程，连积累了几十年数据的国际公司也要花上很久，更不要提嘉懿这种初创的企业了——根据统计，在一万个化合物中，大约有一百个值得进一步研究，经过动物试验，被降低至十个，而后……三期临床再淘汰掉其中九个。也就是说，一个公司绞尽脑汁合成出一万个化合物，最后也只有一个能够真正上市。

可沈懿行，却已经得到了几个活性不错的化合物，已经进入动物试验阶段。

"哎，"符晓又感慨道，"想想真是好神奇呢。"

"怎么？"

"在那么多种可能中找到最最合适的，这听起来简直就像奇迹一样。"

"奇迹每天都在发生，没有那么遥不可及。"沈懿行的声音透过话筒依然是低沉、性感的，"晓晓，你知道吗，地球现在已经有七十二亿人了。七十二后边跟着八个零。"

"嗯？七十二亿人？"符晓不大明白，沈懿行为什么突然提起人口，总不会是想说，地球人口多得快要爆炸了吧。

那边，沈懿行又继续说道："而我在七十二亿人当中，找到了你。"

"……"

"地球有七十二亿人，我找到你，难道不是个奇迹吗？"

"懿行……"

"所以,没那么难。"

从那一天晚上开始,符晓便冷静了许多。

沈懿行那一边比她困难得多,却只用两年便得到了第一个十分有希望的化合物,正式进入动物实验阶段,而且据说进展相当不错,她还有一年……没理由不行。可能存在的分子结构数目约是 10 的 60 次方,而香料的组合肯定远远不及这个恐怖数字。她随意算了下,1000 的阶乘只有 2000 多位数而已……而已……已……呃。

不过,不管怎么说吧,符晓的确有了一些信心。

她也应该能够做到……他们明明那么相似。

就是出于这种十分奇特的完全没有道理的逻辑,符晓的信心凭空增加了许多,也变得可以静下心来了。

她不断地想,不断地尝试,不断地思考,不断地调整。

…………

符晓第一个确定的元素,是醛。一般认为,香奈儿 5 号是第一个引入醛的现代香水,不过其实之前娇兰便已经使用过它了。因为可以提高香料的相容性,它往往以固香剂的形式出现,为的是让香气变浓且持久,最经典的两款醛香香水就是"香奈儿 5 号"和娇兰的"午夜飞行"。醛可以与花香很好地结合,所以一般用于花香调的香水。

不过,让符晓决定用它的,其实是它原本的味道。醛本身气味不好闻,十分刺鼻,很像蜡烛刚熄灭时残留的烟熏蜡味儿。符晓觉得,其实,它是有一点像墨水的味道的,何况,它是很适合与各种花香搭配的。

接着,符晓试了无数种醛与花香的搭配。

很久之后,她才确定了第二种作为前调的香料——橙花。将橙花加进醛，那个味道的确是更像碳素墨水了。

符晓心里激动，连续两天在实验室熬了通宵，每天都只在沙发上随便躺躺，熬出了黑眼圈。她的眼睛本来就大，加上黑眼圈后，显得十分怪异。

不过，她也确定了越来越多的香料，比如铃兰。橙花、铃兰搭配醛便是碳素墨水的味道。她到街上给好几个行人闻了，问对方是什么味道，其中有一大半人都对符晓说，他觉得好像是墨水。

而后，符晓又添加了杉和桧木。有了杉和桧木之后，香气多了一丝儒雅。幽微的木香缠绕着墨香，让人感觉书本仿佛就摆放在还散发着清香的木头课桌上。

接着，为了使香气能够更怡人，符晓开始尝试增加"佐料"。一开始，符晓加了很多香甜的气味，但却觉得并没什么明显效果。那股墨的味道，仿佛一个旋涡，能将一切香甜拉入海底并且吞噬殆尽。

这个时候，给了她灵感的，依然是沈懿行。

"嗯……"在听到符晓的困惑之后，沈懿行说，"有个想法，不过我不敢保证讲得对。"

"你说。"

"我想起了小孩子们吃药。"

"药？"

"嗯，"沈懿行说，"那种喝的，很苦的药。很多父母为了能让孩子喝下，拼命往里加糖，可是加糖根本就起不到作用，药依然那么苦。"

"……"

"你知道该加什么吗？其实是很酸的东西。酸的东西一加进去，苦味便会立刻淡了。之前某'养生专家'建议我喝苦瓜汁时说，苦瓜汁不能直接喝，没有人能受得了的，只有和酸的一起榨味道才会变得可口，还说最好的搭配就是猕猴桃、柠檬、橙子。"

"……酸的？"

"嗯。"

在听到沈懿行给出的建议后，符晓立即换了方向。她弃用了"甜"的想法，而是尝试了很多带酸的味道。

她惊喜地发现，这条路才正确。

墨香的那股"臭"和"苦"，不是香和甜可以压制的。真正能去掉"臭""苦"的，是她之前没有想过的"酸"。

在加入了柠檬这种香料之后，"臭"和"苦"明显减弱了，而从酸中隐隐透出来的，是墨水的甘醇，如同一小杯绵柔的佳酿，越细细去品，便越觉纯净。

除柠檬外，符晓又加了点乳香、蜂蜜，还有别的，让这种有一些甜腻的香气也缓缓飘出。

"大功告成"之后，符晓带着她的配方还有作品，去找杜波依斯教授了。

在敲杜波依斯教授办公室的大门前，符晓深呼吸了好几口气，同时极有规律地敲响那扇门，不让自己显得有丝毫的动摇。

杜波依斯教授用试香纸蘸取液体闻了下："嗯……醛、橙花、茉莉、铃兰、杉、桧木、柠檬、乳香、桃子……醛、橙花、茉莉、铃兰、柠檬，这几样香料添加得最多。"杜波依斯教授的本事很大，稍微闻下便能说出所有配方以及每一种配方占据的比例。

"对。"

杜波依斯教授默默地将样品还回去，垂着眼睛，一直盯着符晓的脸。

"怎……怎么了……"符晓忽然间紧张了。

"嗯……"杜波依斯教授的嘴角突然绽出个笑，"真的不错。"

"咦？！"

杜波依斯教授又重复了一遍："我说，真的不错。"

第四章 三天的"约会指标"

"我最大的悲哀,就是永不知足以及永无止境的流离"。

那一瞬间，符晓一直吊着的心终于被放下了。

窗外，夏季的雷阵雨已经快过去了。雨还没完全停，但天已经蓝了，仍然有雨淅淅沥沥地落下来，拍打在玻璃上，水滴汇成水流，互相纠缠着一同向着下方滚落，那水倒映着初出的阳光，荡漾着一层美好的缤纷色彩。

"不过，"杜波依斯教授又说道，"各种配方的比例依然要调整，现在这个味道还是显得糙了。"

"当然。"符晓也没指望连比例都完美。

"还有，加点忍冬，让调子凉一点。"

"好的。"

"醛的存在感还是有点大，你自己先调整一下试试。"杜波依斯教授道，"顾客大多不喜欢这个味道，能闻得进去的只是小部分人。"

"好的。"

"符晓。"在符晓离开前，杜波依斯教授低头盯着她看，突然说了句很感性的话，他说，"对你，我是不是可以有更多期待呢？"

符晓笑了下，说："从小到大，我对自己有最高的期待。幸运的是，我迄今为止从未失败过。"

她是一个固执，甚至偏执的人。

她对于成为"顶级调香师"的自信其实很莫名其妙，但她的确是……从未失败过。

不论是考北大，还是保送硕士，还是拿头等奖学金，凡是她想要的，她都依靠努力成功地得到了。

她的自信，源于一种历战的自豪气概。

此后的三个月，符晓不断调整前调当中各配方的比例，并将样品逐一比较，终于写出了她认为最合适的配方单。

杜波依斯教授接过她的香水配方单，嗅了一嗅香水小样，而后改了几个数字，让符晓按新的配方重新调制。之后，杜波依斯教授再闻、再改、再让符晓制，大约反复几十遍后终于说了一句"行了"。而在这个过程当中，杜波依斯教授每次都会向符晓解释他修改配方单的原因是什么。

确定前调之后，符晓便开始思考中调、后调了。

在中调中，她用了鸢尾、紫罗兰、百合、茉莉、玫瑰等花。这些花香将女性的气质表达得更直白。首先会被人捕捉的便是紫罗兰的香气，那香气早被渲染得大张旗鼓、肆意而为，在其他温柔的气息当中十分有存在感。随后，人会像是走进了百合和茉莉花的花圃，在扑面而来的纯洁中又能体会到一丝野性。这不是那种腻人的白花，而是带着些优雅、知性的，类似茶花的感觉。这种优雅、知性与前调的墨香一脉相承，像一个骄傲的公主，不会被动接受什么，而是带着一点源于自身的自信和傲慢。

至于后调，最突出的味道便是白麝香了。与一般的麝香不同，白麝香闻起来十分干净，几乎没有动物体味，是一种很清新的皂感，很多香皂当中都含有白麝香。符晓喜欢它的"干净"，因此早决定了用它，同时，因为它毕竟是麝香，"野性"是在骨子里的。符晓觉得，白麝香像是一个衣冠楚楚、风度翩翩的猛兽，它象征着，在走出校园很多年之后，人早已学会了低调，但当初那份"干净"和"野性"，依然留存在人的气质中，也算是一种"不忘初心"吧。白麝香留香时间长，久久不散，可以代表持久、永恒。

在白麝香之外，符晓又添加了广藿香、檀香、安息香、香根草。木质的气息以隽永的姿态向外散发，温柔又厚重，白麝香、广藿香、檀香还有安息香和香根草托住了之前的花香、果香，使前调中玫瑰的香味贯彻始终，使香水始终有一种浪漫气息。这里所有香料都是很常用的后调香料。

在将前中后调都确定了之后，符晓便进入了亢奋状态。

杜波依斯教授帮她进行了大幅度的调整。其中最大的变化是，他在中调当中加了一点焚香。焚香承上启下，既能加强"墨香"气息，又能与广藿香相融，使气味的转变更加圆润了。

杜波依斯教授让符晓彻底明白，一款新香水从"最初版"到"最终版"，原来要经历那么多次的修改。

这个步骤其实有点枯燥。它不再需要"创意"了，"经验"取而代之。调香师要找到最合适的方法，让各种香气完美地融合、过渡。

不过，符晓还是很羡慕杜波依斯教授。符晓她自己早就不知道还有什么可改的了，可是对方每次嗅过试香纸后，都会拿起支笔，在配方单上面写下新的内容。

对此，杜波依斯教授说："你可以假设你是一个第一次闻到这味道的姑娘，你在头脑中勾勒出你对它的印象，然后比较一下，看看和你的创意是不是相符。"

"哦……"

在杜波依斯教授这么教过之后，符晓好像也能体会到不同了。她仔细辨别两者的差异，思考怎样才能更加符合自己的创意。她会将自己的方案与杜波依斯教授的做对比，每一次发现方案一致后她都欣喜若狂，觉得自己好像也摸到了些"调整"的门道，正在成为调香师的路上一点点前进着。

…………

在着手调制"明天"十个月后，符晓终于完成了"明天"的收尾工作。

她递交了自己的毕业作品，得到 A 的高分，如愿以偿地……提前一年毕业了。

六月，符晓乘国航的飞机回了北京。

说起来很奇怪，上学和工作时，她觉得自己是不喜欢北京的——交通堵塞，雾霾严重。然而在降落时，符晓却是清清楚楚地感觉到，她对这座城市有很深的感情。

九年的时光。从她十八岁起，到二十七岁的生日，差不多一整个青春，都是在这座城市度过的。上大学前，她在老家每天光顾着学习了，很机械地，就只知道念书，然后到北京去。这里让她从青涩到成熟，也见证了她人生的轨迹。

何况，这座城市还有她最喜欢的人。

飞机高度越来越低，首都机场也变得越来越清晰。符晓在心里默默念：时隔十九个月之后，我回来了。

取行李的时间其实并不算长，但是符晓着急，还是觉得行李来得好慢。她站在传送带的开端、行李的出口处等，因为只有这样，才能第一时间将到达的行李捞出来。

等了大约十五分钟，符晓终于看见了自己的两个箱子。她用膝盖顶着转台，用力地提，便将两个塞得满满当当的大箱子一个一个地拎出了转台。旁边一个萝莉扯不出去她自己的箱子，符晓还好心地帮她给提出来了。拎的时候，还听见有人说："嚯，女大力士！"

她把箱子都搬上了小推车，然后推着推车，一路小跑，噔噔噔地跑进了一楼众人接机的大厅。

站在通道栏杆外的人其实挺多的，不过符晓还是一眼就看见了她的"男友"——那个人不管在哪里好像都会发光一样，不论在哪都是众人目光的焦点。

"懿行！"符晓喊道。她的胸腔被各种情绪涨得满满的，忍不住再次喊了声:"懿行!"

沈懿行却是没说话,只勾唇笑了笑,离开栏杆向通道的终点迎了过去。

快速走出通道之后,符晓把行李车一丢,"噢噢"地冲过去,隔老远就开始起跳,整个人都飞扑过去,一把搂住了沈懿行!

沈懿行赶紧接住了符晓,因为正是夏天,大家都穿得少,沈懿行觉得手下软软的。

"懿行……我回来啦。"

"嗯。"

"以后都不走了。"

"我记住了。"

"那个……"符晓说,"懿行,碰……碰碰鼻子好吗?"

"嗯?"

"不可以再亲了……所以……碰碰鼻子……"

沈懿行笑了,说:"好。"

说完,沈懿行抬起了符晓的下巴,并且将额头抵住了对方。沈懿行的睫毛很长,忽闪忽闪,符晓觉得两人的睫毛似乎能缠在一起。

而后沈懿行轻轻蹭了蹭她的鼻尖。因为距离太近,符晓看不清楚沈懿行的眼睛,只觉得在一片模糊当中有道极为明亮的光。鼻尖被拂过,口唇处能感受到对方轻吐出来的温热呼吸,他们的呼吸缠绕在一起,仿佛再也不会被分开。这样的亲昵,让符晓终于彻底心安了。

十几秒钟之后,沈懿行放开了符晓。

"符晓,"沈懿行说,"你变得漂亮了。"

"嗯?"符晓说,"和以前没啥区别啊。"

"有。"沈懿行笑了笑,"会打扮了。"

"是吗……"好像是的。班里法国女生都很精致,符晓成天跟她们混,化妆水平和穿衣水平全都有了巨大的飞跃。因为法语项目里根本没有中国人,符晓便常常和几个法国人在一起。法国女孩十分友好,从来没排斥过符晓。不论是参与课堂讨论还是做小组作业,符晓都觉得很自在。平时逛街买东西也都在一起,就连去其他国家玩,那几个姑娘也会主动询问符晓是否要同行。

沈懿行接过了符晓的车,说:"走吧,去你的新房子。"

"好哒。"

符晓去法国前将房子退租了,东西全都放在沈懿行那,这次回来之前,她拜托沈懿行帮她重新看房,而后租了一个离佩兰较近的——她还是想回到佩兰,而佩兰也十分欢迎她。

沈懿行两只手推着推车,走了几步,突然对符晓说:"来挽着我。"

"嗯?"

沈懿行动了动胳膊。因为推车,他没法牵符晓,于是便让符晓挽着他走。

"嘿嘿……"符晓了然,上前两步伸手挎住了沈懿行胳膊肘。

他们就这样一路紧靠着,乘电梯下到了停车场,又一路走到了沈懿行停车的区域。

符晓猛然之间发现,沈懿行的车有点旧了。就在两年之前,他的车还是崭新的,有新车独有的光泽,此时却不是了——原来,他们已经交往这么久了,然而,真正的约会却没有几次。

沈懿行将其中一个箱子提进了后备厢,另一个则是放在了后座。符晓的两个箱子太大了,后备厢根本无法将它们全部容纳进去。放置好行李后,沈懿行替符晓打开副驾车门:"上车吧,回'家'了。"

"好哒好哒……"符晓全身放松地倒在副驾上,"终于回来了……在法国成天跟打仗似的……"

"有用吗？"

符晓想了一想，很肯定地说道："有，而且还很大。"

"那就好。"

"懿行，"符晓说，"独立拿下竞标……不会很远了。"那个时刻说明，她多年的努力终于有了结果——她成为一名成熟的调香师，而不只是跟在老师后边傻头傻脑地学、虽然年龄不小但总不能独当一面。同时，她也作为一个不再幼稚的人，有了与沈懿行在一起的资格。

符晓也参加过几次竞标，知道获胜的标准是什么，她认为凭她目前的水准，可以足够拿下很多的项目了。

沈懿行说："……嗯。"

"那么你呢？"符晓问沈懿行，"申报临床试验了吗？"沈懿行的创新药物动物实验结果不错，已经可以进入到临床阶段了。

沈懿行深深地看了符晓一眼："刚申。"找化合物，用了一年半的时间，动物实验，用了两年零三个月。

"那……那……"符晓的脸红了，"你这边也快了，是吧？"当初的约定是，等沈懿行公司拿到临床批件，将一直想制的药制出来，他们便在一起——沈懿行的打算是，拿到批件之后，便将技术卖掉，剩下的交给别人做，因为嘉懿并不具备做临床试验的能力。

沈懿行抓过了符晓的手，十指相扣，用力地捏了捏："是啊。"

符晓没有说话。她心里想的是：各自为了目标努力了31个月，如今真的马上要在一起了吗？

不知道为什么，符晓突然想起了一位诗人曾说过的一句话，叫作"我最大的悲哀，就是永不知足以及永无止境的流离"。

而她与沈懿行，在"不知足"的道路上，是结伴而行的。

新的房子宽敞明亮,而且室内十分整洁。这座城市房租昂贵,一般租客都只想省点钱,不是很在意房子的维护——能住就行,而房东呢,知道与其装修不如弄便宜点,于是也很少会花钱去搞布置,导致房子看起来总脏脏乱乱。

不过这次这个,却是很干净的。

而且,为了让她入住,沈懿行将所有生活必需品全都买好了,包括各种做菜调料,还有一套崭新的砧板、菜刀和锅碗瓢盆。另外,沈懿行还将符晓的行李也搬了过来。

"怎么样?"沈懿行问。

符晓回答:"很好。"

"你休息一下吧。"沈懿行道,"我去弄两个菜,简单吃点。"

符晓纠结了下,终于悲痛地道:"那你去吧。"她不相信沈懿行的味觉,自然也不相信沈懿行的厨艺。不过她实在是太累了,不想出门,也懒得自己做饭,于是便随沈懿行去。

沈懿行进了厨房后,符晓又开始刷微博。

她从法国回来,也是一个"突破",可以获得一天约会的时间。

刚一打开微博,符晓发现,她关注的那个最早发"北大学霸男神"微博的账号,今早竟又发了一条关于沈懿行的微博!最近几天,为了涨粉,她常常发些和沈懿行有关的。

那条微博的文字是:"粉丝投稿!!!男神惊现首都机场!!!且与不明身份妹子紧紧相拥!!!"

符晓点开照片一看,啊……他俩被人偷拍了……

不过,手机拍的,像素不高,距离又远,看不清楚人脸——照片里拍的是她刚扑进沈懿行怀里的情景。沈懿行面对着镜头,她自己是背对,她箍着沈懿行的脖子,沈懿行回搂她,从这张照片里,只能看见她黑色的头发,还有只穿短裤的白花花的腿。

吓死人了……幸好看不清脸……

符晓想了一想，暗戳戳地随便挑了一条转发，配了一个笑脸，乍看起来颇有些得意的意思——你们男神，被我收了，正在下边给我做菜，只是……没有人会注意到她。

正嘿嘿傻笑着，符晓便看见了研究生班级群的消息通知。

"嗯……"她点开了班级的微信群。

微信群里，当时跟沈懿行关系不错的一个男生问："@ 沈懿行，什么时候有女友了？！怎么都不告诉哥们儿？！"他的语气十分悲愤，大概是因为别人全都有女朋友了，他一直以为只有他们俩没有，所以，当他猛然发现沈懿行也有女友时，顿时便生出了一种被背叛的感觉！

符晓推测，这个哥们儿，之前没见到过他们两人同时发的八大处的照片，所以什么都不知道……沈懿行，也就只发过一次照片而已。

符晓本来以为沈懿行在做饭，不会看到这条微信。等过几个小时看见，消息也早就被别人的消息刷没了。

谁知，仅仅十秒钟后，沈懿行便在群里面回了一条："@ 符晓。"

符晓："……！"

沈懿行又发了一条："我在做饭。"

那个哥们儿："……"

沈懿行说："让她跟你讲吧。"

符晓："……"

那个哥们儿难掩蓬勃的八卦欲，急忙也跟着@符晓，问她："怎么回事？"

符晓："……"

对方又道："难道你们两个……"他已经猜出七七八八。

符晓说:"咱们私聊好了。"

这句一出,微信群里突然出现十几个人制止符晓:"私聊干吗?在班级的微信群里说就好了!"

好家伙,几秒钟前还好像只有他们三个人在聊,一说私聊,立刻轰轰轰轰地出现了这么一堆。敢情,之前全都在偷偷窥屏呢。

符晓觉得有些害羞。

沈懿行这个大混蛋……竟然交给她来公开……端什么男神范儿,真是太讨厌了。

稍微犹豫了下,符晓觉得直接消失也不大好,于是咬牙发道"就是像你已经猜到的那样喽……"

沈懿行的哥们儿:"沈懿行!厉害了!专吃窝边草啊!!"

另外有几个人拿符晓开玩笑:"他猜出什么了?我们可不知道。你快点讲明白,不然我们不散!"

符晓:"……"

"快说快说。"

"好吧……"符晓一咬牙一狠心,故作大方地把微博上《北大学霸男神,看完感受到了这世界的残酷!》那条发到群里,而后说了一句,"沈懿行出名了。"

"是啊哈哈。"众人都道,"我们前几天都讨论过一波了。"

而后,符晓又"啪"地一下贴出了《粉丝投稿!!!男神惊现首都机场!!!且与不明身份妹子紧紧相拥!!!》那条,很有气势地飞速说道,"这女的是我。"

众人:"哇哦!"

符晓本来以为会被开通玩笑,结果,不知道是谁第一个在微信群里撒花,还说"祝福祝福",一时间,微信里面飞满了卡通鲜花。

而后,很多人都跟着撒,符晓觉得自己看了很久的花。

她喜欢花，假的也好。面前这个情景，符晓突然之间便觉得心中有一些感动。班里知道她暗恋沈懿行的女同学不少，然而她们却并没有逗她，而是祝福。

花撒完后，有人发送："咱班终于有一对成了……之前根本没有，净被别院捡便宜了。"

"是成绩表第一第二，难道是因为到了社会上，回过头来突然发现：只有你才配当我的对手？！"

符晓说："别闹了……"

这时三个室友也现身了："晓晓，要幸福哦。"

符晓："嗯嗯！"

她们又@了沈懿行："绝对不能让晓晓哭。"

而后，又有同学好奇地问："你俩什么时候扯结婚证？"

符晓回答："该怎么讲，还不算正式交往呢……不过应该是快了吧。"

室友们问："不是正式交往？"

"嗯，呃，"符晓回答，"互相喜欢了几年了，不过我们约定，等我们各自实现了理想，再真正在一起，我希望年末能实现，哈哈。"

之前说"成绩表第一第二"的人道："第一第二的爱情吧，果然与常人不一样。"

符晓："……"

这时沈懿行准备好了菜，在厨房里喊符晓的名字："吃饭。"

"好嘞！"

她最后又看了一眼手机，见沈懿行@了三个室友，说："诺。"

接着又是："吃饭去了，散了散了，没什么的。"

符晓晃晃悠悠地走到了桌边，用烈士就义般的表情看了一眼桌子，"咦……"

桌上有三个菜：水煮鱼，香辣虾，清炒丝瓜，此外还有一大海碗鸡丝凉面。水煮鱼的鱼肉看着十分滑腻，香辣虾的壳酥酥脆脆的，清炒丝瓜也是火候正好、绿得可爱，一桌子菜散发着诱人的菜香。

符晓惊了，问沈懿行："这些全是你烧的吗？"

"当然。"

"你……"符晓连忙拿起筷子，夹了一小块水煮鱼塞进嘴里——鱼肉没有一点腥气，而是又香又辣，咸味儿也正好。她又抓了个虾，发现也是令人恨不得把虾壳上汤都吸光了。最后是那丝瓜——丝毫没有苦味，有的只是种极为清爽的口感。符晓惊讶地问："你做菜怎么会这么好？！"

"嗯？"

"你自己根本就不懂美食！"符晓知道，沈懿行对吃没兴趣。

沈懿行说："我对美食的确不是很感兴趣。"

"那怎么……"在符晓的眼中看来，"爱吃"是"名厨"的必要条件，因为只有爱吃，才会想办法琢磨和练习。做什么事情呢，都讲究个"动力"，而兴趣就是最大的动力。

沈懿行好像看傻瓜一样看了符晓一眼，有些无奈地道："因为你喜欢吃。"

"……嗯？"

"因为你喜欢吃，所以我学一下，这有什么问题？很难以理解吗？"

"……"

"这一点都不难。"沈懿行又说道，"和平时做化学实验也差不多。只要知道需要哪些原料、各多少量，什么时候要加什么，搅拌，就可以了。"

"哪那么简单啊……"

沈懿行还在继续说："顶多加个，根据结果调整实验过程。"

符晓说，"可你又不会吃……尝得出好赖吗……"

沈懿行淡淡地说道："我对美食不感兴趣，也不知道哪家店好，但不说明我没舌头。"

"哦……"

最后,三菜一汤都让符晓扒了一个精光。吃完之后,她坐在椅子上,盯了沈懿行好几秒,打出一个饱嗝。

沈懿行:"……"

"太好吃了……嗝……如果真嫁了你,我一定会变胖,成'胖晓'的……嗝……被章唯一嘲笑至死……"

听见"章唯一"三个字,沈懿行问符晓:"你哪天去佩兰?和人力商量过了么?"沈懿行也知道,符晓要回佩兰,继续跟着章唯一学。

"嗯。"符晓说,"就是明天。"

"这么快?"

"对。"符晓说,"懿行,我想,早点回去上班,就能早点接到项目。不管项目什么时候截止,我都可以多出几天去准备,中标的可能性就大。而且,说不定啊,还能接到正好快截止的,晚几天上班就会错过的那种,而我只要拿下,就能早几个月完成理想,心无旁骛地等你那边的消息。"

"嗯。"

"反正我在家也没什么事,所以明天一早,我就去章唯一那里报到。"

章唯一是符晓在"佩兰"的老师。符晓毕业之后,签了世界排名前十的香精香料公司"佩兰",职位是分析员。不过,分析员当了半年后,她阴差阳错地拜入了从不收学生的佩兰中国区香水部门的首席调香师章唯一门下。

符晓迄今记得,在那个与往日似乎并没有什么不同的早上,自己站在公司长长的走廊里,透过窗子定定地看着实验室里那个长相儒雅的男人。当时章唯一正笑着将几张白色试香纸从窗口递到外边,让他的朋友嗅一嗅。他的朋友右手接过试香纸并放在鼻端,几秒钟后,将试香纸还给章唯一,探过身子小声地评论方才闻到的味道。

她将双手揣在兜里，就这么呆呆地看了大约两三分钟，直到章唯一的朋友离开，再没有什么可瞧的了。她晃晃悠悠转过身，正欲迈腿回到她自己该待的地方时，却冷不丁听见有个温和的声音叫住她："你刚才在看什么呢？"

符晓猛地转头，发现方才她一直在盯着看的男人——这家知名的香精香料公司的首席调香师章唯一，正将胳膊搭在实验室的窗台，嘴角带笑地回望着自己，并且还又强调了一句话："最近几天，每次你路过这儿，都会停下脚步。"

当时符晓也没觉得尴尬，大大方方地回答道："我是个气相色谱分析员。"她本科、研究生的专业是化学，当初签这儿只是因为喜欢香水，然而每天使用仪器对着已存在的香水分析成分六个月后，她能感觉得到，她越来越渴望"创造"。

"哦，"章唯一的笑意更甚，"然后呢？"

"然后，"符晓伸出食指，指着章唯一的方向，直接回答了"你刚才在看什么呢"的那个问题，"刚才我在看你……同时对自己说，那个，才是我真正想做的工作。"她想当调香师，而不是分析员，这没什么丢脸。

接着，因为聊天机会难得，符晓有些困惑地问："怎么做才能成为一名调香师呢？要调香专业出身吗？上海应用技术大学的研究生有用没有，还是去法国留学好？"上海应用技术大学基本"垄断"了国内的调香师培养。

章唯一却没有回答她的问题。他只是将之前的几张试香纸又递给了符晓："你闻闻这个看，说说你的看法——这几张试香纸蘸的都是同样一款香水，左边那张刚刚晾干，中间那张拿出来有半小时了，右边那张近一小时。"

符晓接了，小心翼翼地嗅了嗅。一时之间，各种味道接踵而来。她闭上眼，仔细地感受着。片刻之后，她放下试香纸，回忆着自己的联想，"前味好像是有木瓜、柠果、菠萝等味道，就像是站在热带的某处……中味有一些海浪的腥味……后味隐约透着麝香、檀香等等性感香气，仿佛是一个纯真、原始的女人，就像……就像……"符晓用力地思考了一阵，说，"对了，就像亨利·卢梭的画一样，尤其是像《梦境》那幅名作——有绚丽的热带雨林，有穿梭其间的猛兽,还有赤裸的女孩儿,散发着天真和浪漫。"卢梭曾经是一名海关收税员,从未学习过专业的美术,他所有线条和颜色都是出自他的情感,正如他自己所说的"除了自然之外,我并没有老师"。

"……嗯?"

"不、不对吗?我不是调香专业的,都是在跟着感觉讲。"

"不。"章唯一笑了笑,说,"我只是太过惊讶了。因为,亨利·卢梭那幅名作《梦境》……正是我这款香水的灵感来源。"他喜欢梦幻的画作,而香水,也是梦幻的。

几秒钟后,章唯一看着符晓,问:"你不是问怎么才能成为一名调香师吗?能去法国进修,当然是最好了,不过很难申上,录取率非常低。而且学费并不便宜,甚至可以说是昂贵。如果你能先入了行,有一定的工作经验,申请起来会容易些——还有,你现在工资是多少?"

"四……四千……"她工资挺低的。作为名校化学系硕士生,她这个工资是拖全班后腿的存在,也被质疑了很久。当初,为了能进这家香精香料公司,她是"屈才"当了色谱分析员的。

"你来我这当助理吧,我来教你怎么调香。"章唯一忽然露出了一个笑容,"工资给你涨到八千,顺便帮你攒点学费。"

"啊?!"那时符晓真的惊了,眼睛也瞪圆了,"可我……我不是专业出身啊?那些香料,我一样都认不出啊?!"她看那些材料,就跟直男看全系列口红色一样。

调香师是个门槛很高的工作。市面上的常用香水材料至少也有两千多种,总数更是早已超过五千,而每一种香水更是可能要用上五十至一百种不同的香料。调香师需要对两千多种香料全部了如指掌,然后才能慢慢尝试创造自己心目中的香水,从学习到创造,这个过程通常需要几年。

"学化学可以入行的,调香算是化工分支。"章唯一盯着符晓的眼睛,"你懂得各种材料的溶解度和沸点,也知道如何蒸馏、压榨、萃取。很多调香师都是学化学出身的，之后去学校学，或者在公司学。而且，你知道吗，对调香师来说，最重要的，不是熟悉原料，而是聪明，有想象力以及拥有文化底蕴，可以赋予香水内涵。技巧都是可以教的，但创造力却没法教。"说罢，章唯一又问了一遍，"愿不愿意跟着我学？"

"愿意！愿意！"她想：管它呢！这辈子也不定有第二个欣赏她的人了！她先转过去，说不定真的可以被对方教出名堂来呢！符晓差点就喊"师父在上，请受弟子一拜"了："收我，收我！"

"好。"章唯一挺直了腰杆，将身子缩回实验室，"我会提出申请。你不用做什么，等着人力部门找你调岗就好。"

"麻烦您了，我会乖乖等的。我叫符晓。符号的符，晓风残月的晓。我写下来？"

"不用，我记得住。"

第五章　差距还是非常大吗？

我们有几十年可以天天在一起的，我最擅长的事，就是等晓晓你。

第二天一大早，符晓便拾掇了一下自己，出发去佩兰了，打算从原地开始她新的征程。

接待她的人力她不认识，想来是新近入职的姑娘。看来在这近两年时间里，佩兰也发生了很多变化。

符晓的职位直接就是"中级调香师"，不用再和章唯一挤一个实验室了，她将提包甩到自己办公室后，一秒钟都没停，直接去了章唯一办公室门口等。

九点钟整，章唯一出现在了实验室门口。

章唯一每天都九点走进公司的实验室，前后误差绝对不会超过十秒，也就是说，在8点59分50秒到9点00分10秒之间。有那么一阵子，符晓每天都给章唯一掐着表，看到底是不是真的那么神奇，掐表的结果是，章唯一从来都是准时到达的，从没提前到过十秒以上，也没迟到过十秒以上。符晓一度怀疑他是藏在公司的什么地方了，一直到快九点才施施然出来，于是故意在窗前盯着外面，却发现章唯一每天停车后都直接进实验室。符晓一直不懂，北京这种交通状况，章唯一到底为什么可以无视客观规律，每天都准时九点到。要是乘地铁好还理解一点点，关键是章唯一每天都开车来！

"老师！"见到了章唯一，符晓的语气中有难掩的兴奋，"我回来了！！！"几年之后，物是、人是，实在是令人感动的事情。她兜兜转转后回到原地，却发现一切都和从前一样。"笑问客从何处来"一直都是最伤感的诗句之一，然而符晓回到北京，却发现爱的人依然都在身边。

"哟，符晓。"章唯一放下手里的茶杯，嘴边又现出了儒雅的笑，"你奔三了。"

符晓难以置信地看着章唯一。

章唯一这个人，怎么那么贱呢？！他究竟是怎么做到，用那么清雅的表情,说出最贱的句子的?!

符晓气愤地回击道:"那……那你……奔四了!"两年前章唯一三十七岁,现在妥妥地奔四了。一个四十的人,居然还总气人!

章唯一:"……"

符晓又道:"我二十八岁半,距离三十还有一年半呢,可你整三十九,距离四十只有一年了哎!"她上学早,读完研究生差一点到二十五,在佩兰做了半年分析师之后,又当了一年半的调香师,而后飞去法国念了个书,读书用了一年零九个月。

章唯一拿起红茶吹了一口气,而后轻轻地抿了一口:"有意思。"

符晓以为"有意思"指的是她机灵的回答,谁知,章唯一说:"头一次见到二十八九的人说岁数还带着'半岁'的。"这个意思是说符晓,明明就该讲二十九——又不是五岁半的小孩子。

符晓:"……"

怎么办,说不过……谁能来帮帮我?!

"好了。"章唯一再次放下了茶杯,对着符晓张开双臂,"符晓,欢迎回来。"

"……"

"师父我欢迎你,佩兰也欢迎你。"

"……谢谢师父。"符晓走上前去两步,也伸臂拥抱住了章唯一。章唯一在她后背上拍了两下,让符晓感到很温暖。

对章唯一,她一直是尊敬又感激的。若没对方,她可能还在当分析师呢。章唯一对她的教导是毫无保留的,也从来不掩饰对她的欣赏和期望,这让符晓有了自信。

一个拥抱很快便结束了。章唯一询问了一下符晓在法国的情况,符晓叽叽喳喳说个不停,而章唯一则是一直在旁边含着笑意听——不得不说,看见符晓进步,章唯一心里也是高兴的。

这一叙旧便叙了两小时。一直到了将近中午,章唯一才问符晓说:"你打算立刻参与项目吗?"

　　"对。"符晓说,"越快越好。"

　　"可以。"章唯一点点头,"我把PPT全都发给你,你从里面挑着参加。这回我不会再参与其中了,你直接走正规流程投标就好。"

　　化妆品公司和香水公司时常会面向各个香精香料公司公开招标。它们公布香水主题、要求、目标受众等信息,而后,每家香精香料公司会派三到五名调香师参与竞标,同时指望其中一个可以帮助公司拿下项目。

　　符晓本来以为,升过级之后的她,会快速地拿下竞标,等待香水上市。

　　谁知……期望与现实果然不是一样的。

　　客户是一家本土公司,可是却叫什么"罗森伯格"。

　　罗森伯格新香主题是"周末女人"。

　　其实符晓不是很清楚,"周末"到底应该是怎样的。她和懿行……周末都在工作,与平时并没有太大差别。

　　不过,符晓依然自信满满。

　　她想,"周末女人",应当比较恣意潇洒——忙碌完一周后,总算可以放松一下了!与几个好朋友去喜欢的餐厅吃饭,然后听一场音乐会,最后去酒吧喝一点小酒,让眼睛、耳朵、嘴巴都得到满足,应当就是一个女人典型的周末吧。以此作为灵感,符晓作品前调、中调十分温柔,令人感觉好像坐在音乐厅中,放松一周以来很紧张的身心,接着香水后调忽地变得狂野、激烈,就好像是午夜中的美丽花朵,让人仿佛置身酒吧,将压抑与烦躁全释放了出去,最后只剩下了对下周的热情。

开标那天，符晓遇到了尤思卿。进场之后，看见尤思卿时，符晓十分激动，盯着对方精致的脸，心脏怦怦直跳，还坐在了尤思卿的旁边。同龄的尤思卿是她想追赶的对象——"假想对手"，符晓特别希望可以拿下竞标，让尤思卿转过头稍微看看她，并且对佩兰的符晓有一个深刻的印象。好几年了，符晓很在意尤思卿，但尤思卿……根本完全不认识她。

尤思卿还是穿着件黑色皮衣，颈间有条锁骨链，脸上化着浓重的妆，皮肤白得像鸡蛋清，眼睛周围却画着小烟熏，黑发如瀑布般垂下。尤思卿根本就不看周围，似乎不把任何人看在眼里，只是坐在最后一排默默等待结果。她的世界里只有她自己。尤思卿全身都散发着一股"生人勿近"的气场，孤独、傲慢，好像自己和房间内的其他人不在一个尘世。

符晓在她周围坐了几个小时，尤思卿看都没有看她一眼。

符晓指望着，招标的结果，会让身边的人牢记住她。

结果……中了的是……尤思卿的。

就连第二也不是符晓，而是别的人，她不认识。

符晓排在第六，名次还算靠前，可是竞标就和体育比赛一样，只要不是第一，意义就都不大。胜者只有一个，冠军也只有一个，其余全部是"失败者"。

宣布结果时尤思卿脸上没有任何表情，只静静地看着前方，好像这件事情根本就是理所当然的一般。她还是没有看其他的调香师，这其中也包括她旁边的符晓。

符晓知道，对方依然对她全无印象，就和过去那漫长的几年一样。

她内心忍不住困惑、动摇了——她与尤思卿，差距还是非常大吗？即使自己努力了这么多年了，二人之间也依然有一道难以逾越的鸿沟？

不，不会的，符晓告诉自己：千万别这么想。一次并不说明问题，即使是章唯一或者别的极为出色的调香师，也没办法保证每一次的作品都合客户心意。香气这个东西，主观性太强了，一款香水即使地球上的七十五亿人全部都喜欢，客户偏不喜欢也是没有用的。下次，下次就会好了。

可是，谁知，第二次，也没中。
第三次……还没中。
而且连续三回，连前三都不是。
这说明什么？说明她还差得很远！

当连续三次折戟沉沙后，符晓心情变得十分焦躁——
她的压力陡增，甚至开始怀疑起自己。
她想：完全没有章唯一的帮助，难道是不可能成功的？
是不是说，留学之前，她之所以也拿下过项目，很大一部分原因是章唯一帮她了？而当章唯一不再插手后，她就做不出成熟的香水了？
想想也是，那些参与项目的人，都是成熟的调香师。除了天才，每个都在这行业中摸爬滚打了几十年，连章唯一都偶尔会失手，更不要说她这不知天高地厚的新人了。调香师是十年磨一剑的职业，经验往往起着决定性的作用，而作为一个初出茅庐的菜鸟，她的手法在别人眼中看来应该很稚嫩。

符晓越琢磨就越担心。
她越来越觉得，在留学之前的成功当中，章唯一的作用比她想象的要大好多。

符晓开始失眠。一开始，她每晚睡上三四个小时就会醒，而后便干躺着，在床上一直折腾到天明。她想睡觉，可就是睡不着。一到白天她就发困，高兴地想这回晚上终于可以睡个好觉，谁知到了当天晚上，她照样只会睡上三四个小时便醒过来。到了后来，失眠越发严重，每天晚上的睡眠时间从三四个小时到一两个小时……晚上还是失眠。

她每天都要将大量时间用于在床上干躺着，白天又很难受，这简直是一个恶性循环。

符晓试了很多办法，什么出去运动、洗澡洗头、喝热牛奶、吃酸枣仁、吃保健品……全部都没有用，连二锅头都不好使。

"唉……"符晓觉得特愁，"咋办呢……"

这可不行……

她以前明明是沾枕头就睡的……三十秒钟睡不着觉就算失眠……

难道要吃安眠药吗……可她才二十八岁半，她不想现在就吃安眠药……那东西有依赖性啊。

本来，符晓没有打算让沈懿行知道——她怕沈懿行过于担心她。不过符晓最后也是实在没什么办法了，只好去求助她开药厂的"男友"。

她想，沈懿行对药懂得比较多，说不定知道什么药效好又没有依赖性的安眠药。

沈懿行一听便紧张起来："你失眠？多长时间了？"

"一个月了……"

"你怎么都不讲？"

符晓长叹一声："我每天晚上，都觉得这会是最后一次失眠……想着明天就会好了，没有必须打扰你的……"

"符晓。"沈懿行说，"如果你为我好，就请你以后第一时间通知我。"

"……"

"你可怜可怜我？"沈懿行继续道，"公司的事情已经让我很忙了。"

符晓有些绕不过来："所以我不想告诉你……"

沈懿行却打断了她："如果你再这样，我就总是会想，符晓最近好是不好？我会因为这种不肯定而担心，终日疑神疑鬼，觉得你又瞒我。"

"……"

"你明知道我很在意你的生活，你还让我老是为这件事分神？猜来猜去才是最耗精力的事。有了困难只要解决就好了啊。"

"哦……"

"我是你的'男友'，最为亲密的人——对于重要的事，你怎么能不讲？"

符晓回答："我……我错啦。"

"说说具体症状。"

"嗯。"于是，符晓详细地对沈懿行说了说她失眠的过程。

沈懿行听完后又问符晓："是什么时候开始的？"

"第三次竞标失败后……"

沈懿行叹了一口气："晓晓，你过于焦虑了。"

"是啊。"

"记得我曾经讲过的话吗？我们有几十年可以天天在一起的，不在乎几个月，甚至不在乎一两年。二十几年我都等了，怎么会在乎再等长点？我最擅长的事，就是等晓晓你。"

"嗯……"

顿了一顿，沈懿行说："其实……我认为你该慢慢来。"

"什么意思？"

"你两个月之内参加三次投标，每一个时间都很紧，我想不如静下心来，全身心投入最有把握的项目。"

"可是……"符晓接话，"每一个我都尽量做到最好了。"

"也许只是你自己这样认为呢？"沈懿行对她说，"你习惯了忙碌，也习惯了多个任务同时进行，认为只要排好了时间表，一项一项地做，一定能全部完成，从早到晚都忙忙碌碌的。在过去你也的确没出过问题，但我认为，艺术……和背书之类的事情是有区别的吧。一款香水可以不断地被完善，你总能找到让它更出色的方法。那种强制自己赶时间的方式让你在过去从来没有失手过，可它终究也不是万能的……你之前调制的香水并不是没问题。"

"章唯一也是这样子做的……"

"你不是他，不要看他。晓晓，你在过去总是同时做几件事，每件都比别人专心后的成果还要好些，所以可能不会习惯……"说到这里沈懿行顿了下，似乎在想怎么样才不会打击到符晓，不过最后他还是很直白地讲了出来，"不习惯花更多时间去磨。"

"……"符晓沉默了下，告诉沈懿行说，"其实……同时投几个标，并非是由于我太过自信，而恰恰是因为我对自己的作品缺乏一定能中的自信……"

"嗯？"

"所以我就想，逼迫一下自己，同时投三个标，总能中一个吧……"她用概率这个东西安慰自己，因为她没自信自己能一次就中。

"……"

"我怕一次不中，几个月就没了……再来一次不中，几个月又没了……那样等你批件下来，我还在原地挣扎呢……"因此她才算来算去，觉得勉强能投三次，结果搞得手忙脚乱，最终一个都没有中。

"晓晓，没事。"

"哦……"

符晓也终于意识到，她该克服心理障碍。

她因为告诉自己一定要成功，同时又不是很自信，于是只有到处投标，指望着能随便中了哪个。

不是使用质量，而是用数量来提高概率。

这样不行。

大家全都是专业的,这么玩儿是可笑的。

沈懿行说得对。

这番谈话之后,符晓好像放轻松了很多。

而且,在决定只接有把握的项目后,她的时间也多出了不少,没有那么累了。

睡眠逐渐变好,从一两个小时,到三四个,到五六个。

偶尔,还能刷刷微博、微信。

那个仿佛已经专业八卦"北大学霸男神"的号是她每天都要瞅一瞅的,有时她扒出了什么符晓不知道的事情,符晓还转给沈懿行,笑得前仰后合。

那个ID,粉丝已经有二十多万了。

让她笑不出的,也就只有一条:"男神三年成绩只是全班第二(哭泣),有个女学霸三年全都是第一(哭泣)。"还贴了一张成绩表,不过名字全都被打上了马赛克,看来还是有节操的,没有把整个班的信息泄出去。

符晓战战兢兢地点开了评论,第一眼就看见了自己的"扒皮帖"!

太刺目了!

热门评论第一条说:"我朋友是学分析化学的,说女学霸很漂亮,姓符,毕业前签了家香精香料公司,不知道叫什么名字,后来就没有动静了。"

大部分人也顺便膜拜一下她,不过有少数几个阴阳怪气地:"光会读书没用,得看毕业之后。"

"男神还会写论文啊,看人得综合起来看。"

符晓说:"切……"

她的确是三年第一,沈懿行是三年第二。不过在她的印象中,她们两个其他科的成绩好像差不多,但沈懿行"政治"太惨,每学期的政治都是擦着六十低空飞过。符晓曾问过沈懿行，是不是故意不好好答政治。沈懿行给的答案是，他非常努力地找，还是找不到——说"找"是因为，政治是开卷。符晓毫不留情地嘲笑了对方，不过其实，她也没有什么资格嘲笑，因为她自己的政治也大多只有七十分而已。说来有点奇怪，那些年政治奇差无比的沈懿行，竟然一直努力，想做出国内的第一款创新药。

相比微博，微信就会安全很多，只是偶尔同学们会八卦一下。

比如，有次有人问她和沈懿行是怎么走到一起的，符晓便只好把当时那些事情在群里叨咕上一遍。

然后，立刻有好几个妹子开玩笑道："我也可以支持你呀！"

而后又有别人会打击下她们："不减减重，支持也并没有卵用。"

在公司里，符晓连着跳过了好几个项目。

就像那天她想通的，对于不太有把握的项目，她无一例外地没有参加。人总是要懂取舍，放弃掉赢面小的牌，向赢面大的牌加注，这才是能长期当赢家的方法。

如果随便接了项目……没过几天再来一个真正有希望的项目的话，她就要欲哭无泪了。

符晓屡次放弃竞标，打算"挑个有把握的"，这让公司香水部门的其他调香师有些嘀咕。符晓也是拿工资的，只拿钱不干活，难免让人背后议论。

符晓也很清楚，自己处境尴尬。

只是，她也想不明白，是等待适合自己的项目更尴尬，还是参加不适合的项目再屡屡折戟更尴尬。

她也将苦恼告诉了沈懿行。

一日，章唯一突然对符晓说道："符晓，有一个小活儿，客户指名要你参与。"

"哎?"符晓惊了,"指名要我?"

"客户表示,很喜欢'女人花'那支香的味道,希望由'女人花'的调香师负责项目,虽然,项目内容不大常规。"

"什么意思?"

"是,这次客户并非化妆品公司,而是药厂。项目内容也非调制香水,而是喷剂。客户某款即将上市的喷剂药气味十分难闻,可能阻塞销路,因此对方希望佩兰的调香师能够参与制作,改良它的配方。"

"哦哦……"因为沈懿行毕业开药厂,符晓对"药厂"二字非常有好感。

"这是个小活儿,你去帮帮忙吧。"章唯一道,"而且,药厂要求不高,最后喷剂没那么难闻就好了,也不会有压力。"

符晓回答:"好的!"

"客户的总经理亲自来谈项目,就在'巴黎'会议室。你直接推门进去、介绍一下自己就行。"佩兰的会议室名字很特别,都用"巴黎""米兰""纽约""东京"等时尚之都的名字命名。

符晓又是回答:"好的!"

在通往"巴黎"会议室路上,几个平日里与符晓关系很好的小姐妹眉梢眼角全都带着笑:"符晓,你有福了?"

"啥?"

"听说,你的新客户,特别特别帅!他被客户部领进会议室,看见的人都说他是惊天动地的帅!"

"啊?这么夸张?"符晓摸了一摸下巴,也有一点期待看见"惊天动地的帅"。

"你个单身狗,要抓紧机会……"几个小姐妹调笑道。

"那就算了,哈哈哈哈。"符晓已经有沈懿行了。

走到"巴黎"会议室前,符晓蹑手蹑脚地推开门,脑袋一伸,目光便向正端坐在会议桌一角的男人那边望过去。

她倒要看一看,怎么"惊天动地的帅"。

那个男人听见声音也抬起头,看见符晓,勾起嘴角笑了一笑。

那一瞬间,符晓下巴都要惊得掉了!

因为那张脸,她太熟悉了!

是沈懿行!

"懿懿懿懿……懿行?"符晓发出一声怪腔,"你怎么在这里?我是要见新客户的!"

沈懿行十指交叉放在桌子上边,笑了笑:"我就是你的新客户啊。"

"……"

"不欢迎?"

"不是……不过,为什么?"

"你那天在微信里说,不想轻易接下没把握的竞标,但是手里没有项目,又怕会令同事感到不大满意。"

"……"

"正好嘉懿有款喷剂要上市了,不过味道十分呛人,我便试着联系了佩兰客户部,询问是否可以合作,没有想到对方立即表示可以。看来,香水部门也不是严格地只制香水。"

"懿行……"听说沈懿行是为了自己强行成了佩兰的客户,说不感动,那是假的。

而且,同样重要的是,这是工作!她与她半交往中的男友,没有"约会名额"也能见面!

"好了,我讲一下项目背景。"沈懿行修长的手指递过一瓶东西,"这个就是嘉懿那款喷剂。"

"嗯……"符晓伸手接了过来。

"这款用于治疗跌打损伤的喷剂即将送审,但我总是觉得气味有一些难闻……你有办法没有?"制药公司一般自己进行"调香"。各种药品的气息和味道,都是医药公司自己决定。研究制剂的人会直接添香精——所谓制剂,便是根据原理,在化学原料药中加入适当辅料,加工制成各种剂型药品,包括口服液、注射液、颗粒、胶囊、药片等。对于这款跌打损伤喷剂,沈懿行一直觉得不喜欢。他自己也不太清楚,是不是跟符晓一起时间久了,连他的鼻子也变得挑剔起来,毕竟,对方是调香师。

符晓回答:"我当然有办法……"

沈懿行拿起手里的那瓶喷剂,将符晓的手腕抬起,轻轻地喷了一点点上去,对符晓说:"这个。"

符晓说,"你这个是生化武器。"

"你也觉得难闻?"

"不是一般难闻。"

沈懿行点点头:"我想,跌打损伤喷剂,小孩子们会经常用。但是如果实在太难闻,销量可能会很惨淡,功能好也没用。"在沈懿行看来,样品十分恶心,改过几次之后,那个气味依然还是十分恶心。不过,香精本就不是制剂部门专长,沈懿行感到他也不能要求得太多。

"是啊是啊。"符晓毫不吝啬她的毒舌批评。

"那你改改?"

"好嘞。"

两人在会议室磨了一个小时,临到中午,符晓才将沈懿行送出了佩兰。

佩兰的院子里有几颗银杏树。此时正是十月,银杏落了满地。一眼望去，满目金黄。树上的叶子好像软软的毛弁，地上的则像绵绵的毛毯。

将近到佩兰公司门口分别时，沈懿行突然弯下腰，并且捡起一共六片叶子，将它们排成了一列，前三片与后三片叶面相对，而后一手捏住几个叶梗，一手将那些小扇子一般的银杏叶向两边展开，弄出一朵玫瑰花的形状，递给符晓："给你。"

符晓脸红了，伸手接过："谢谢。"

走到最后一颗银杏树下，沈懿行忽然抬起另外一只手，掐住他头上一片银杏叶的梗轻轻一扯。树叶带着树枝微微颤动了下，发出了十分悦耳的"哗"的一声——那片叶子被沈懿行摘下来了。

"嗯……"符晓看着沈懿行问，"怎么了？"

"这片叶子挺好看的。"

"我瞧瞧……"符晓说罢低头去瞅。

叶子形状规则，两边对称，每一片的形状都很优雅，叶子脉络清晰，而且黄得正好，既不过深，也没有一丝其他的杂色。符晓点了点头："的确挺好看的。"

"是吧？"沈懿行勾唇笑了笑，捏着银杏叶梗，叶子放在了符晓的眉心处，而后突然凑过脸去，在叶子上轻吻了下。

额头隔着黄色的银杏叶被沈懿行亲了，符晓只觉一阵电流蹿上眉心，电得她都麻了。

沈懿行拿走银杏叶，看着符晓，问："怎么样？"

"你……你……"符晓伸手捂着额头，"你为什么突然亲我？"

"谁亲你了。"沈懿行说，"我吻一下这片叶子而已。"

你……符晓想：臭流氓！约好了两个人不能亲吻，你就隔着叶子亲我额头！然后还一副无辜的样子，说你吻的是叶子而已！啊……臭流氓！

沈懿行将银杏叶子递给符晓："你拿着吧，可以当个书签。"

"……"

"上边有我的一个吻。"

符晓别别扭扭地接过了。

送别了沈懿行,符晓捂着额头往佩兰大楼走,要回去工作了。

没想刚走几步,便看见刚刚几个说沈懿行帅得"惊天动地"的小姐妹正在不远处直愣愣地看着自己,每个人的眼中都充满了崇拜。

符晓问:"怎么了?"

"符晓……"她们回答,"你太牛了……"

"啊?"

小姐妹们点了一下手腕:"一个小时而已,你便将大帅哥给搞定了?!"

符晓:"……"

"以前看不出来,你还有这本事!"

符晓羞得脸上像能滴出血来:"我认识他……"

"啊?故人重逢,干柴烈火?"

"不是,"符晓声音仿佛蚊子哼哼,"他是我男朋友……交往了几年了!"

"……"

"我,我先回楼里了,你们是要去吃饭吧,那么,拜拜了!"符晓连珠炮似的讲完话,一溜烟儿跑了。

第六章　做自己真正想做的事

却到帝都重富贵，请君莫忘浪淘沙。

自沈懿行成为客户那一刻起，符晓便专心地投入到项目当中。

无须任何创意，只求气味怡人，任务如此简单，对于符晓来说根本就没有任何挑战性——比起各种香水实在天差地别。然而因为"客户"是沈懿行，符晓依然是用尽了心思。

她根据药品本身的气味，仔细地考虑可能的搭配。
怎么样才能使它变得好闻起来……

她谨慎地选择香精、调制、嗅闻、修改，三天之后，终于完成初样。

虽说产品是款药品，可是符晓并未遭遇什么困难，因为外用药和内用药相当不一样，要求不像内用药那般严格。如果是内用药，香精一般不会超过总量的 0.1%，事实上连 0.05% 都算比较少见了，因为化学品之间会发生反应，少有绝对不干扰药品的香精。而且，使用香精会对含量测定产生影响，一般的制药公司会严格控制香精使用。

来验收的依然是沈懿行，符晓便将初样递给了"男朋友"。
"好了？"沈懿行问。
"嗯嗯。"符晓回答，"气味和功能结合着来的——有可以活血的麝香，还有肉桂油、肉豆蔻油、冬青油、罗勒油、薄荷油、姜油、迷迭香油等有止痛作用的精油。"
"好的。"沈懿行打开了瓶子，喷了一点在手上，慢慢凑过鼻子，果然嗅到了与之前不一样的味道。原来难闻的气息被掩盖住了，此时的"药香"令人十分舒服。

符晓说："我会把配方写给制剂部的经理，由他再次把关安全性的问题。"符晓也曾在制药公司实习过，她觉得自己的配方应该可以。而且，交样之前,她也请日化部门的调香师看了看,对方同样认为不应出现问题。

沈懿行道:"嗯。"

"药效方面,最好复核一下。我认为新配方不会影响使用药效,可化学品之间的反应实在很复杂,为了确保万无一失,还是要再进行试验。"

"当然。"

"嘉懿会自己调配药品吧?"

"对,"沈懿行回答说,"不过配方要从佩兰购买。"

"那你与客户部的人好好商量,我只是调香师,不管这些事的。"

"我约了客户部的人,你离开后我就叫他。"

"哦哦,那你忙吧。"符晓潇洒地一起身,然后大腿"咚"的一声便撞在了桌子的角落上!

她"嗷"地大叫了一声:"疼!"

刚才她起身,用尽了力气!

沈懿行扶住了符晓:"刚磕到什么地方了?"他刚听见好大一声。

"膝盖上方……"

沈懿行说:"坐下,休息。"

事实上,符晓已经跌坐在椅子上了。

"这怎么办?"沈懿行皱着眉。

"我没事啊……"符晓觉得沈懿行小题大做了。磕一下而已……其实如果沈懿行不在她附近,她连叫都不会叫的。大声喊好疼好疼啊,只是喊给会心疼自己的人听的。

"对了……"沈懿行低头看了看他手中符晓刚调制好的喷剂小样:"……你要不要喷下这个?真的还是挺管用的,应该可以好得快些。"

"算了算了……养养就好。"

说完,符晓褪下袜子,露出了两条又细又长的白腿。她白天穿了一件灰色长毛衣，还有外套，下身只有一条深黑色的长袜，很方便脱。

符晓看了看自己的膝盖上方："可怜哦……真的是太可怜啦……"虽然没有破皮，不过腿上青了一块，隐隐透着紫色，按着有一些疼。

"……还是喷点药吧。"沈懿行单膝跪下了，拧开那瓶喷剂小样，轻轻喷了一点，又用手掌给揉开了。

温热的手心不断按压着膝盖上方，符晓渐渐地竟然有点脸红了。

说了不牵手、不亲吻，这怎么……这怎么，还摸到腿上来了呢？

沈懿行问："还疼吗？"

符晓回答："不疼了……"

沈懿行将鼻尖凑近："这个药的味道……的确变好闻了，不像开始那么刺鼻。"

沈懿行温热的呼吸喷在符晓的膝盖。因为是治跌打损伤，在那个喷剂中，符晓添加了很多可以生热的香精香料。双重作用之下，膝盖热乎乎的。

结束嘉懿项目之后，符晓继续等待最合适的竞标机会。

这回，并没有等几天，它便突然来了。

两三年前，章唯一曾经成功拿下了华羽公司的一款叫作"诗经·国风"的香水的竞标，此时，由于章唯一的"诗经·国风"上市之后颇受用户好评，华羽公司终于决定研发"诗词"类的系列产品。

在"诗经·国风"后被看中的，是词牌名——"浪淘沙"。

"却到帝都重富贵，请君莫忘浪淘沙。"

符晓一看就激动了。

在章唯一做"诗经·国风"时，跟她同龄的尤思卿差点让章唯一翻船，这件事让符晓很受刺激，在那之后，符晓无数次自我代入华羽的后续对决，因为华羽当时便说，只要"诗经·国风"的销量还不错，他们就会推出一系列与诗词有关系的产品——在她的臆想当中，客户真实感不大强。于是，她便时常把现成的华羽当作假想客户，把尤思卿当作假想对手。

至于对尤思卿的在意，也是有出处的。

当时，在"诗经·国风"截止前一周，尤思卿突然有了个她认为更好的创意，于是全部扔了重做，虽然任凭她怎么赶，最后终究是没赶上，提交的样品有点糙，味道转换不够细致。不过，华羽的人透露，尤思卿本来的测试样品已经和章唯一不相上下，新创意则是特别好，如果再有两天，章唯一一定会输的。

也是那次，让符晓发现了，成功的人大多有一股狠劲儿——不是对别人，而是对自己。她想成为世界顶级的调香师，调出世界上最为美丽的气味，将它作为给世界的一份礼物，给喜欢它的人一个甜美的梦境，可是，她做的依然不够多。有才能的年轻人那么多，而她不是调香专业出身，已经比别人落后了几年，倘若不付出更多的努力，她没可能从竞争中胜出的……更别提什么创造经典了。过去她没亲眼看见别人是如何努力的，十分心大，就像是一台生了锈的机器，是尤思卿给她的那记猛烈的敲击，终于使她很清醒地意识到了，她接下来应该做的事是什么。那次之后，符晓才意识到，必须还要再多几倍努力才有可能成为最优秀的调香师。

符晓一直期待着华羽能真的推出后续产品。在她对尤思卿不多的印象中，"国风"是对方的巅峰，而她希望在类似的状况中击败尤思卿。仿佛只有这样，才能摆脱当时尤思卿"一周就差点让章唯一翻船"的震撼，让她觉得自己是值得章唯一期待的。她想超越对方，而且，是在对方很擅长的中国诗词的主题上。

因此，华羽，不光是她臆想当中的客户，也是她真实期待的客户。

在这几年当中，符晓也会时不时地琢磨一下，如果华羽真要调制"诗经·国风"系列香水，她该使用什么样的特殊创意才能在尤思卿的作品面前被华羽的凯西注意到，进而又被选中？

她猜想过多次下个主题会是什么，而后在无人时自我代入地琢磨下。

在她猜想过的众多主题中，比如，"春江花月夜""等幽州台歌""蝶恋花""一剪梅""临江仙""鹊桥仙""长相思""满江红"……"浪淘沙"也是其中的一个。

符晓毫不犹豫地选择了华羽"浪淘沙"作为她的下一个项目。"浪淘沙"是一款中性香水，男人和女性都可以使用。华羽本来想做女香，又担心女孩子不会喜欢这个主题，一度思考要做男香，但中国喷香水的男人十分少，最后便折了中，定为"中性香水"。

"浪淘沙"，词牌名，原为七言绝句中的词语，原作刘禹锡、白居易。五代时开始流行长短句的双调小令《浪淘沙》，28个字，作为词牌，学界多认为是南唐后主李煜创的。

"符晓，"对符晓的决定，章唯一却问，"你要不要换个项目？"

"嗯？"符晓问，"怎么了？"

"是这样的。"章唯一解释道，"我的'诗经·国风'市场反应很好，每年的销售额都破五亿，这意味着新产品有基础，很有可能成为一款畅销香水，因此这个项目竞争挺激烈的——以前那些项目，一共只有大概二十个调香师投标，但是这'浪淘沙'，我听说已经有不下四十人参与了，而且还有很多好手，比如长馨的尤思卿、还有樱野的江诗怡、IFFC的萧鹤……"

符晓问道："您参加吗？"

"我？"章唯一说，"不参加。"

"为什么？"

"没必要。"章唯一道，"这系列是我开的头。'诗经·国风'已经成功，就算第二款接着爆，对我的意义也不大，但第二款的表现若是不如第一款，就是在给自己之前的声望蒙尘了——消费者都会审美疲劳的，第二款很可能卖不过第一款。何况这一次的竞争这么激烈，万一没有拿下……说出去很丢人，就算真拿下了也要掉一层皮，我去掺和什么，不如趁着这段时间多投一投其他公司，其实我建议你也多看一看其他的项目。"

符晓说："您不参加就好。那我就可以安心投标了，因为我也不想和您对立，嘻嘻嘻。"至于尤思卿、江诗怡等人，她巴不得再和她们好好地较量一番呢。这次，她要让众人记住她。

章唯一问符晓："为什么？为了你和'男友'的约定，你不是想尽快胜出吗？那么你应该避开这种项目。"

"不怕……"符晓回答，"懿行说了，会等，让我按照自己的节奏来，做自己真正要做的事。"

"……"

"而且，"符晓抿了下唇，"我这次是志在必得。"

章唯一不再劝了，而是拍了下符晓的头："好吧，加油。"

符晓道："嗯！"

顿了一下，章唯一转移了话题："不过，'懿行'？难道你'男友'是最近微博上很红的'北大学霸男神'？"

"呃，连您都知道？"咋传得这么广……

"这种人你还不赶紧嫁了？居然还让他巴巴地等着你？"

符晓"切"了一声："我还'学霸女神'呢。"

章唯一说："女神？你？噗……"

"'噗'是什么意思……"

因为章唯一"诗经·国风"市场反响很好,因此他也得到了来自华羽的直接邀请。对方打来电话,表示渴望看到章唯一也参与竞标,让恰好坐在一旁的符晓好生羡慕。华羽的期待是如此明显,以至于很难接受章唯一只打算从旁观战的事实。

符晓听见章唯一在电话里温柔地回答凯西:"抱歉,凯西,这回不参加了。"

想来凯西询问了下为什么,章唯一又说道:"为什么嘛……"拉了个长音的章唯一的视线忽然飘在了符晓的身上,嘴角毫无预兆地勾出了点笑,"因为我的学生参加——我怎么能和她竞争?"

符晓在内心咆哮:为什么把这黑锅甩给我?!你自己不想去,担心拿不下来竞标,也担心费劲拿下来后市场表现比不上"国风",就对凯西说是因为我?!章唯一啊章唯一,你也太会扯了……最关键的是,还当着我的面!老师你的脸呢?又掉在地上啦!

符晓无故背锅,内心十分愤恨。

然而,几秒钟后,符晓便听见章唯一又对凯西说:"我的学生名叫符晓,很有天赋,你多关注一下。"

符晓:"……"

章唯一又对着电话说道:"她一定能交上好的作品。"

符晓抬头望着她的老师,发觉自己刚误会了对方。

等章唯一放下电话,符晓看着章唯一说:"谢谢您啦……"

"嗯?谢什么?"章唯一拿起了桌子上的红茶,发现凉了,走到实验室的水池前面把茶全部泼进了下水道,回到桌前又用茶叶泡了一杯,晾在一边。

"就是,"符晓回答,"向凯西提到我的名字,让她有个印象。"

"这不是正常吗?"章唯一淡淡道,"我是你的老师,总得推一推你,不过,最后结果如何还得看你自己本身实力。"

"嗯……"

"话说回来,你决定参加项目也有一周了,对于这款'浪淘沙'的配方有什么想法么?"

"嗯……有的。"符晓回答。

"讲来听听?"

"嗯嗯。"符晓对章唯一说道,"'浪淘沙'嘛……前调肯定要有海浪。"

"这也是一个难点了。"章唯一说,"你要如何配制'海浪'?使用什么样的香料组合才能模仿得出'海浪'?这是很考验人的功力的,需要对各种香料非常熟。水生调的香水不少,不过,一来未必真能达到效果,二来很多人都表示晕香。"水生调的香水有种水的感觉,自从20世纪90年代发现了有湿润感觉的西瓜酮这种化合物,水生调的香水便应运而生了,不过有不少人晕西瓜酮,十分厌恶含西瓜酮的香水。也有的水生调香水加某种醛,或用木质龙涎代表海风,至于女性香水,则往往只用"睡莲""荷花"等花代表水生调。

"我吧……"符晓犹豫了下,胆子很小地道,"那个……我的方式可能有一点奇葩的……"因为她的想法太奇怪了,符晓简直有点不敢讲了。章唯一那张嘴的厉害她知道,如果开启嘲讽模式,对着她的胸膛突突,她就要顷刻之间全身上下中弹而亡了。

章唯一说:"你讲讲看?"

符晓清楚,总归要将她的想法讲给对方听,不可能从头到尾都瞒着老师的——那不现实。既然迟早会有这么一刻,那还不如早一点坦白了。这个想法已经在她的脑袋里转了几个月了,她不可能因为怯懦而轻易地将它抛弃掉。不管了吧,豁出去了……符晓给自己鼓了一下劲,一咬牙,一狠心,低头小心地瞄着章唯一,同时战战兢兢地小声道:"我想,是不是可以用一点香水里不常用的原料呢……就是,香水里不常用,但是在别的地方还是常用的……"

"别的地方常用?"章唯一皱皱眉,"比如什么地方?你说具体一点。"

"嗯……"符晓说,"食品里边……"

食品当中同样需要香精香料。佩兰香精香料公司,除了香水这个部分,也有化妆、日化、食品、香烟四大部门,因为口红、腮红、洗发水、洗手、方便面、饮料等东西也都需要调香师加工。在佩兰,日化是营业额排第一的部门,其次就是食品,再其次是香烟,化妆排在倒数第二,至于香水……倒数第一。虽然国内这几年来购买香水的消费者人数剧增,可因为基础实在差,再加上本土香水根本不能与国外的大品牌抗衡,香水部门一直很惨。

由于不同产品类型之间的调香方式有很大区别,佩兰每个部门都有自己的调香师。打个比方来说,很多香水调香师十分青睐于花朵,而食品比较偏爱人造的水果香料。

章唯一挑挑眉:"食品里边?"

"对……"

章唯一说:"香水和食品,香精香料常常是共享的,区别不大。事实上,香水的选材范围是所有产品类型里边最广的,基本涵盖了食品的香料。"

"我知道……"符晓说,"但这次不一样……"

"怎么不一样了?"

"我看中的食品,不是给人吃的……"

"啊?"章唯一蒙了,一向云淡风轻的脸上也露出了诧异的神情,"不是给人吃的?那是给谁吃的?难道是给动物?"

"对,给动物……我看中了……"说到这里,符晓声音又是小了好大一截,不过,她飞速地吐出了三个字来,"鱼饲料。"

符晓没有想到,一向清俊的最爱喝茶水的章唯一竟然将他一秒钟前才用优雅的动作送进口中的红茶全部喷了出去:"噗——"喷茶的时候章唯一很及时地偏过了他的头,没有喷在符晓身上,可是实验室的地板就远远没那么幸运了。符晓默默地看了眼地板,瞧见上面有一道很长的水渍,噢……好家伙……竟这么长……从他们站的地方一直延伸到架了，看起来足足有三米远……

在尴尬的沉默当中，符晓想：我该说些什么话呢？难道说，老师您真能喷茶水？马屁好像拍在马蹄上……

几秒钟后，符晓只好硬着头皮继续对章唯一解释："我发现那些鱼饲料吧……香精成分里竟然有海盐、海藻、海草、小鱼、小虾、珊瑚、DMS 这样的东西……想来鱼比较挑，不大容易被假的东西蒙过去……我闻了好多种，其中一种特别像真实的海洋……最最重要的是，它还特别好闻……它里面的香料，全都可以买到，呃，虽然全都是用于食品的……"比如 DMS 就常用于海苔中、鱼香精、虾香精常常被用在做菜调料里。

章唯一："……"

"我……我觉得……可以用……而且，既然鱼可以吃，安全性应该没问题，可以通过测试……"她还尝了一尝，咸咸的很好吃。

章唯一依然是："……"

"您……您讲话啊……"

章唯一定了一下神，又捧起杯子喝了口茶："有些香水会添'海水'，格拉菲慕'蔚蓝之水'里边就有，在中调里。"

"嗯……"

"不过，直接添海水的，只能接受现成'配方'无法调整海水味道，很多人表示不好闻。"

"我知道的……我的这些香料，可以买来自己调整比例。"

章唯一又继续说道："似乎也有几款香水加过海藻，你可以查。不过，我不记得有哪一款香水弄得这么全，把各种东西都搬来。"

"……"

"谁知道会怎么样呢？我也没闻过鱼饲料。不过既然你说可以，我就姑且相信你吧。"

"谢谢……"

"其他方面的想法呢？"

"前调中加柑橘类的东西，比如葡萄柚、苦橙叶、橙花油、橘子。这类的东西，一方面是体现一种青涩，另一方面，我'男友'以前告诉我，酸味可以中和苦味，我想它们也许能冲淡海腥。"

"继续。"

"中调就是海洋，可以加点别的使气味更好闻，但基调是海洋。"

"嗯。"

"对了，中调还会有'沙子'的气息……到了后调，沙子的味道会变化，变成非常干净的沙，然后让柑橘类的酸转换为甜，就是那种成熟了的柑橘的甜，可以加点琥珀，增加它的深邃。当然还有别的能加，比如雪松之类的……"

章唯一又喝了一口茶："琥珀的话要注意点，它比较硬，常常加在男香里边，不大适合女性来喷。"

"我会少放些的，哎，您不要再讲啦。"

"好吧，"章唯一看着符晓说，"还是不让我插手这款香？你这次是有希望的，鱼饲料什么的，我觉得有意思，但香味过渡要细腻。"

"是的，"符晓态度坚定，"我要独立完成。"她必须得自己完成此次竞标，因为她和沈懿行的约定是说，她"独立"调制的香水正式上市，因此不能让章唯一帮任何忙。事实上，就算章唯一给她新方向，她也不会放弃她方才的"鱼饲料"。章唯一知道符晓的决心，在方才的交谈中也并没有给过多意见，只有最后提了一句"琥珀"。

"好吧。"章唯一也很理解，"那你多努力吧。"

"嗯！"虽然她要独立完成，但听见章唯一说"有希望"，符晓还是特别开心，咧着嘴转身便要回自己的实验室了。

"等等。"章唯一突然又出声。

章唯一的眸子淡淡地向下看了一眼地上的水渍："擦了。"

"……好。"章唯一喷的茶，还是要她来擦……

符晓不是很会干活，擦了半天才擦干净。

此后，符晓便专心地制作"浪淘沙"了。

她购买了鱼饲料的各种原料，每天研究它们比例，在三周之后，终于调制出了很好闻的"海洋"。在她的海洋中，有水，有盐，有海藻，有海草，有珊瑚，有小鱼，有小虾，有贝类……在蔚蓝的海洋当中，有鲜艳的珊瑚和暗色的水藻，鱼虾在其间自由地游弋。海浪依然发出吼声，但却并不十分可怕，清亮的波涛冲刷着沙子，激起一朵朵灿烂的银花。在思考"海浪"时，符晓无端地想起了，沈懿行曾说过会带她去马尔代夫，于是她的海又变得温柔了些，并不似一开始那般激越。此外，符晓也加了点木质龙涎，制造出来了一种海风的味道。在她看来，浪在风的推动之下冲刷沙子，沙子在汹涌的浪中时隐时现，这样的画面会使这款香的内涵更完善些。

至于前调，符晓用了葡萄柚、苦橙叶、橙花、橘子、橙子、香柠檬，这些柑橘类的原料展现了一丝丝青涩，还带着点草叶苦调，同时，它们的留香也冲淡了中调中海洋的腥味。

到了后调，中调中沙子的味道有了变化。沙子味道不再像之前般粗糙，而且还带了一些明媚的感觉，好像大浪褪去，留下遍地黄金。符晓添加了一些沙漠玫瑰，让沙子的气息变得十分细腻。同时，为了造成"明媚"效果，符晓使用了藏红花来托住"沙子"，于是"沙子"立即像是有了一层光辉，反射着薄如蝉翼却又持久的光芒，有一种宁静但却饱满的希望。到了后调，前调中的酸已淡了不少。在桃子、乳香等香料的衬托下，残留的柑橘们变得甜了很多。符晓用常见后调香料定住它，又拌了点琥珀增加了些厚重。

做完这些，符晓便开始了她漫长的调整。

如果是刚从法国回来时的她，她只调整一周便会觉得"不错"，然而这次她不间断地调，甚至到吹毛求疵的程度。为了使中调的清凉和后调的温暖自然衔接，符晓竟然加了包括忍冬在内的数十种香料！

在调整的过程当中，她一直想自己，还有沈懿行。她和沈懿行，也在经历蜕变，隐忍地变得更成熟。他们两人，也想成为那金子一般的沙子。他们追求的都是难于达成的理想，一路上要遭遇无数苦难，而苦难就如同海浪，褪去时也会带走曾经的幼稚，一遍遍地打磨他们，让他们更加清润。也许，他们本来也可以像宁静小湖边的沙子一样安逸，然而是他们自己选择了那波涛汹涌的海洋。

"九曲黄河万里沙，浪淘风簸自天涯。"

这个项目她整整做了两个月。

直到她修改得……自己都恶心了。

最后，她的那款"鱼饲料浪淘沙"，乍一闻起来便能感受到大海的浪涛中间夹杂着些柔弱的小橙花。而后，浪涛便越来越汹涌，小橙花也摇摇曳曳，沙子味道忽浓忽淡，仿佛正在接受洗礼。结尾，大浪渐渐退去，明媚的沙越发明显，好像黄金一般粒粒闪光，同时甜香传来，大浪过后，春暖花开。

当终于可以交样的时候，符晓的心情激动到不行。

"哈哈！"她对章唯一说，"可以交了！"

"嗯，对。"章唯一也点头，"可以交了。"

"老师，"符晓问他，"您觉得怎么样？"

"……"

"讲讲呀？"

"嗯……"一个长音之后，章唯一说了句，"如果是它的话，销量也许能超过'国风'吧。"同一个系列的香水销量越来越低也是常事，但章唯一感到，这次还真的不一定。

符晓激动地话都说不利索了："我一定不辜负您殷切的期望！"

章唯一说："我干吗要期望这种事情？"

第七章　先流氓的是她

(ˋ)﹛ˊ)
(ˊ)(ˋ)

在送样前，符晓精心准备了PPT，详细地描述了创意来源、配方等信息。同时，她的小样也被交给公司进行各种测试、评估。

为了"不砸招牌"，佩兰有一个由五名评香师组成的评估小组。符晓做的这款"浪淘沙"，在公司内部被评香师快速地全票通过了。

接着，就是稳定性的测试。对于香水来说，稳定性的检测必不可少。香精公司必须确保香水在长时间放置之后不会变色、沉淀、浑浊，这也算是香精公司的职责了，因为不稳定的香水，对于化妆品公司的负面效应是不可估量的。一般来说，香水要放置两个月甚至一年以上才得出结果，但是时间太长谁也消耗不起，于是香精公司便经常采取快速测试法，将产品加热、冷冻、光照后，观察颜色、气味等方面有无变化。

此外，还有安全测试。产品必须符合当地法律法规以及行业标准，否则不能用于人身。

最后，公司对于这款"有希望的作品"进行了次小规模的市场调研。华羽在招标时，提供了几款他们过去的产品和大牌香水作为参比、目标样。佩兰调查员在北京街头拦访，让受访者嗅嗅两个产品，并从多个维度评估香气，用以证明符晓的"浪淘沙"比参比样更好。调查的结果是，在"更喜欢哪种香气"上面，参比样的平均分是 2.5 分，而符晓的"浪淘沙"则是 4.5 分，满分 5 分。

符晓根据各种测试结果填写了投标的表格，将香精的规格单、化学性质描述、稳定性报告、气相色谱图、与目标样的对比测试报告、市场调研报告、样品成本计算等部分一一完成，又将投标表格和"浪淘沙"香水小样全部送到了华羽总部。

…………

几天之后，华羽"浪淘沙"招标会开始。对于招标，大多公司会举办招标会，用以显示结果公平公正——所有投标公司带着作品出席，招标公司在招标会上现场开封作品并详细解释打分细则，之后投标单位一一解释作品，而在这个过程中为防止信息外泄竞争对手需要全部离场。然后，招标公司现场打分，投标公司等待通知。也有的公司并不举办招标会，只是通知投标公司送上小样，招标公司在公司内进行评估，有了结论之后通知中标单位。

招标会的早上，符晓对着镜子深深地吸了几口气，同时为她自己鼓劲："晓晓，放松……这又不是高考……就算这次投标失败，也还会有下次机会……只要一直进步，总会有收获哒，哒哒哒。"

临出发前，她又给沈懿行发了一条微信："我去参加招标会了。"

沈懿行说："好。"

符晓随手发了一个"表情"符号："(╯3╰)"。"亲吻"这个表情，在网络上是个很常见的符号组合，符晓也常常给女性朋友们发。

沈懿行回了个："(' } { ')"

符晓："这是什么意思？符晓横竖也没看懂。她研究了半天，决定直接问沈懿行。

不过，沈懿行却没有回答，而是又发了个："(' } { ')"

符晓将两个表情对比了下，发现除了"(' } { ')"中间的两个空格变成了一个外，两个表情没有任何区别。符晓不觉得沈懿行会打错什么字，那个空格应该是故意去掉的，可符晓实在看不明白对方的用意，一度怀疑起了自己的智商。

两秒钟后，沈懿行又回了，这次是："(')(')"

符晓想：……贴上了？相比之前那个"(' } { ')"，中间唯一的一个空格也被去掉了，左右两边紧贴上了。

这到底是啥啊？！

我真的看不懂！

哎？等等……！

正要抓狂的符晓又盯着沈懿行的微信看了几秒，突然间便反应过来了——那是两个小人正在接吻的表情符号！

从一开始有点距离，到第二步越凑越近甚至可以交换呼吸，到最后的……双唇相连。

符晓的脸"腾"一下红了，连刚上的妆都遮不住。

她被沈懿行撩得心跳快了好几拍，心脏咚咚咚地，在她的胸膛内跳跃。

臭流氓……符晓想：真是个臭流氓！说好不能接吻，他就用符号"亲吻"！给我发来这种表情……真的是用心险恶啊……

臭流氓……

不对……符晓猛然间又意识到了，是她自己先发 (╯3╰) 符号的……先流氓的是她……可她当时真的只是随手打的，沈懿行倒是很会活学活用……

符晓想象了下真正接吻时会是怎样的一幅情景，立即觉得全身上下都变得有一些燥热了。

他们两个人……嗯……也……忍了几年了。

到时候应该会……比较那个什么？

"淡定，淡定。"符晓拍了拍脸，终于出发去华羽大厦了。

因为这小插曲，她到得不算早。当她踏进会议室时，发现里面几乎坐满了，其中二三十岁的人占了绝大多数。她参加过几次竞标，没有一次有这样的"盛况"。

"哗……真的好多人啊……"符晓心想，"成功产品后续产品"的诱惑力真的很大——年轻的调香师都想"一炮而红"，而工作了几年却没有过畅销产品的人也在指望"咸鱼翻身"。

符晓一眼便看见了尤思卿。尤思卿整个人的气质依然像一柄利剑一般，散发着森冷的寒芒，十分冷淡。她今天没有穿皮衣，而是穿了一件白色真丝衬衣，领口打着一条黑色女式领带，披着一件帅气的休闲小西服，下身是条短裤，还有长长的过膝的黑色靴子，靴子两侧嵌着很耀眼的银钉。她还是抱着胳膊坐在那里，像是屋内低压气旋的中心。只有她的周围还有几个空座，这正和符晓的心意，于是符晓走了过去，挨着尤思卿默默坐下了。

坐下之后她转头看了看在她身边的人，觉得尤思卿应该并不是因为"浪淘沙"是"国风"的后续而来的。她在心中猜测：尤思卿上回败于章唯一应该很不甘心，于是这回决定了一定要在后续"浪淘沙"的竞争当中胜出吧……不知道她准备了多久呢？她是否和自己一样，从很久以前就开始思考创意？为的就是不重蹈"交样前一周有了新想法"的覆辙？倘若尤思卿也思考了好几年，自己还有多大把握？哎哟，算了吧，你自己就"犯规"，别人自然也能——堂堂正正比试难道不是更好？

偷偷看了一会儿，符晓想起了章唯一讲的尤思卿八卦。就是，她向她的老师表白，她的老师天天躲她。章唯一还说，尤思卿的老师天生目盲，嗅觉是神级的，眼睛却看不见，可能是出于这个原因不想拖累学生尤思卿。

此外，符晓还看见了一个十分显嫩的人——估计就是章唯一说的樱野的"萝莉"，名字叫江诗怡，其实三十三了，这也是符晓第一次见到"天才二号"。

因为个子娇小，江诗怡连坐着都比别人要矮上一大截。她的皮肤很嫩，还梳着齐刘海，后边扎成了丸子头，刘海下是一张圆圆的娃娃脸，眼睛很大，没有化妆。

几个年轻的男调香师也全部都在。至于老调香师，也到场了一些，包括两个在传言中将要"封鼻"的人。

还真的是……竞争激烈……

上午十点，招标会正式开始了。

所有人签了到，提交身份证复印件还有投标文件，客户当场验标，给在场的人展示所有东西都是密封的。之前符晓听说，有的客户不举办招标会，而是网上招标。那样的话，就需要将文件上传上去，并在统一时间发送解压密码，电子开标。

客户那边香水主管凯西放出了PPT，讲述了这次开招标会的目的，介绍委员，又解释了下评标的决策准则。符晓看了一下，大概还是那么几个维度：香气喜好、香气属性、一致性、稳定性、留香、价格……每个维度的满分不同，说明在评估中的比重不同。

之后，客户便请所有单位离场并在外面房间等候，只有被叫到名字的单位可以进屋讲述创意。

符晓抽签抽到最后一个。

她一会儿觉得不是个好兆头，因为评标委员们应该都累了……过一会儿觉得又是个好兆头，因为评标委员们会记得清楚……反复纠结，简直快要精神分裂。

符晓等了足足三个小时，才终于听到了她的名字："佩兰香精香料公司，符晓、章唯一。"

符晓进屋定睛一看，嚯……

屋里九个评标委员，长相全然不同，但是除了凯西，每个人都是……一副累毙了的神态。

他们有趴在桌子上边的，也有瘫倒在椅子里边的；有人焦躁地抖动着双腿，也有人在不耐烦地晃着椅子；有人在那摆弄手机，有人在那乱翻文件……虽然姿态各异，但他们的脸上全都写着：苍天啊，赶紧结束吧！

符晓觉得，好像不妙……

不过这时，也只能硬着头皮上了吧。

她走上前去将优盘插进电脑，点开了她准备的 PPT。PPT 立即被放映出来，大屏幕上显示着 PPT 的第一页。

"坐在电脑前讲就行。"凯西对符晓说。

"谢谢。"符晓摆出了一副职业的样子，微微笑着坐在了电脑前。

默默给自己打了打气后，符晓便开始了她的阐述："大家好，我是佩兰香精香料公司的符晓……"

当讲到了"鱼饲料"创意时，符晓发现，方才趴在桌子上的、瘫在椅子里的、抖腿的、晃椅子的、摆弄手机的、乱看文件的，都盯着 PPT，坐直了身子，直到最后。

而在她离开会议室之前，几个人问："你叫什么？"

符晓回答："我叫符晓。"

讲标完毕之后，符晓回到外屋。符晓看见所有的候选者都在等待，同单位的调香师们正彼此说着话。他们说话的样子有些心不在焉，空气里弥散着一种紧张的气氛。符晓很清楚这种紧张的原因——他们中的每一个人都将几个月的时间用在了这个项目上，而没中标就意味着几个月的辛苦全部都随之付之东流了。时间何其宝贵，没人喜欢做无用功，努力却没收获会让人感到很焦虑，倘若状况一直持续，压力还会越来越大，因为没有那个公司会养"没有用的员工"。可是现代竞争就是这么残酷，赢家通吃，而所谓输家时常是一无所得。

大约等了半个小时，里屋门"吱嘎"一声又开了。凯西叫所有人进去，因为评标结果已经出了。大家又是貌似随意地坐下了，然而空气却显得有一些黏稠。

香水主管凯西仍坐在桌子的正位，十分客套地对参与者们说道："非常感谢大家百忙当中参与'浪淘沙'这个项目。所有作品都很优秀，委员们也全体经历了前所未有的艰难的选择……十分遗憾的是，最终中标的调香师只能够有一位。香水是独特的艺术，对艺术的喜好会有些主观性，中标只能说明你我彼此之间十分有缘，没有中标绝不说明创作本身不够优秀……对于中标的调香师，我们很期待即将到来的合作；对于没有中标的呢，我们也期待今后会有机会……"

有人在后面小声插话道："别讲啦，开标吧……"

"好。"凯西又道，"那么现在评分细节。"

一张表格出现在了大屏幕上。表格上的数字很多，符晓找了很长时间，才终于找到了自己的编号。

表格上每一行都代表一个项目投标者，第一列是编号，符晓在第五行。她的编号后边跟着一大串的数字，是各个维度中，九名评委分别打出的分，维度包括"香气喜好、稳定性、定价"等等。

凯西又道："依照招标文件，每个维度去掉两个最高分和两个最低分后的算术平均分为该投标人在该维度的综合得分。各维度的综合评分加在一起，便是该投标人最终的分值了。"

的确，每一行的最后一列，都写着一个挺大的数字。

符晓眯起眼睛，紧张兮兮地查看她自己的分。

92……搞不清楚是高是低……

她极力制止自己一看看一片，而是从第一行开始，一个一个地往下瞄。每次移动视线之前，符晓心脏都往出跳，在看见那个分比自己低之后，又把心脏暂时揣回到胸腔内。她不断地重复这个过程，想要将对比的过程延长，很怕希望破灭，她会坠入谷底。

这个……75……也比我低……

而越往后，符晓便越有想要颤抖的感觉。她总害怕越积越多的期待会支离破碎。最后还剩五六行时，她的呼吸好像都停滞了。她用余光偷瞄着还剩下几人，而后祈求一定要全都比她低。每再走过一行，她便更加雀跃，好像在唱一首音调越来越高的歌，全身的血液都不断地向大脑处汇聚。

最后一行……88！

符晓简直想要尖叫！其他人全部比她低！

她的心情特别激动，用眼睛将几十个调香师的分数扫了七八遍，最后终于无比确定，她调制的那款就是分最高的。符晓简直要坐不住凳子，之前那些沉甸甸地压在她心上的东西，好像长了翅膀，忽然之间就轻盈了许多。她也不再觉得主管很啰唆了，甚至希望主管讲得再长一点，让她多享受下这欢喜的过程，时间温柔得像沙漏中的细沙。

最终，华羽的凯西果然宣布，中标者为，来自佩兰公司的，符晓。

针对评标，凯西解释道："中标的这一款，海洋味很真实。"

听到这话，符晓嘴角撩起一丝笑容。

果然……使用"模仿"这种方式，就算仿得再像，也不可能和真正的相比。而在她的"鱼饲料浪淘沙"当中，几乎所有构成海洋的元素都来自于海洋本身。海洋是大自然赐予这世界的礼物，它孕育了这个星球上的一切生物，包括人类自身。人的祖先，或者说一切生命的祖先，都从那里来。地球诞生于45亿年前，而早在37亿年前，广阔的海洋中便出现了单细胞的藻类，后来，有了鱼，有了两栖类，有了爬行类，有了哺乳类……至于人，是300万年前才诞生的。海洋是真正的奇迹，它的复杂和它的深不可测，不是人类、更不是这房间内的50位左右的调香师可以窥探到万分之一的——就算世间文明尽数毁灭，海也依然还是那一片海。想要制造出"另一个海洋"，听上去是不可能完成的任务。

符晓知道，自己那款"鱼饲料浪淘沙"，自然也不是真正的海洋，但她尽可能使用了真实元素，而不是只依靠人工的化合物，这点应该正是她能胜过屋里其他50来位调香师的原因。符晓查过，在海洋中，最经常散播味道的就是浮游植物死后释放的DMS，海带散发的藻雌诱激素，还有鱼虾身上的溴苯酚，而这几样东西，在食品香精中，都是比较常用的"调味品"。

接着凯西又说道："供方所供香精必须按照定样标准执行。如供方所供香精未达到双方定样标准，需方有权予退货处理，并且一切运输费用将由供方负责承担……我们会与佩兰商量后续事宜，尽快完成签约仪式。"最后，凯西发表了结束语，感谢大家，并且透露了这一系列还会有其他招标会的消息。

等到一切结束之后，符晓长长地叹了一口气："呼……"

此前符晓以为，倘若可以中标，她肯定会非常激动——胸膛剧烈起伏，就连指尖都会被热血激流冲得发麻。然而，当她真正迈上了一个台阶时，她内心却颇为平静，仿佛对她来说，这只是众多亟待处理的事情中平常的一件，好像这是注定会发生的事情，她知道迟早会有这一天。

"那个，"符晓转过头看向尤思卿，"中的是……我……我呢！"她并非是炫耀什么东西，只是提醒对方她的存在——她终于可以与"天才"相比肩了。

到了这时，尤思卿终于转过头看了符晓一眼——她自己的香水，是排名第二的，而对于"浪淘沙"……她想了很久了。

尤思卿觉得……也不知道是不是她的错觉……符晓眼睛亮晶晶，眼瞳深处还有期待。过了好久，她才说了一句"……哦。"

符晓说:"我……我叫符晓。"

尤思卿还是说:"……哦。"

而后,在符晓的眼神中,她又补了句:"我尤思卿。"

"……嗯。"

当天晚上,沈懿行便来帮符晓庆祝。

沈懿行亲手做了一个大蛋糕,而且,蛋糕的味道还十分美味——不是太甜,只有一种高级奶油的香。

沈懿行甚至还在蛋糕上雕了许多花。在白色的奶油蛋糕上边,紫色、粉色、橙的、黄的玫瑰开到每个角落,但却丝毫不会显得杂乱,五颜六色地显示着正在花期时的缤纷。

符晓问:"你怎么还会烤蛋糕?"

沈懿行笑:"学的。"

"这不是废话嘛……"

"好吧,具体一点,为你学的。"

"嗯……"符晓脸又有点红了,问,"那个,雕花很难吗?"

"不难,"沈懿行还是笑,"把工具买对了,跟着视频教程练习,一晚上就会了。"

"这么快吗?"

沈懿行说:"擅长化学实验的人,手都不会非常笨吧?"

"也对。"

两人边吃边聊,符晓时不时地抬头看沈懿行,只觉得真好看——二十九了居然还是那么好看,不对,似乎,比二十二时还要更好看。沈懿行二十二岁那时,脸庞上还有些稚嫩,现在,眸子里却是沉淀后的光,好像能把人吸进去。

符晓一个脑抽,开口对对方说:"懿行……"

"嗯？"

符晓问："你不好看的时候是什么样的？"

"……什么？"

符晓又重复道："你不好看的时候是什么样的？"

沈懿行淡淡道："怎么可能？"

"……"

"八十岁后有可能吧，到时候你再看个够。"

符晓忽然神秘兮兮地说："我家正好有个骰子……"

沈懿行问："骰子？"即使他已经和符晓半交往了这么多年，有时候他还是不大能理清符晓的思路。

"对……我们来玩'猜大小'，好不？"

"玩儿它干什么？"

"嘿嘿……"符晓说，"不管是谁，每次猜错，都要接受对方在他脸上画道道。"符晓还很讲究公平。

沈懿行："……"

"好不好？"

沈懿行难以理解地问道："你为什么会想看我的丑样子？"

"我也不太清楚……"符晓仔细想了一想，而后认真地对沈懿行说，"可能……我是觉得，马上要正式交往了……可我都没见过不大一样的你。"其他的情侣们常常住在一起，符晓觉得"看到过对方不为人知的一面"也挺浪漫，尤其是当对方是大众男神时。

"……好吧，"沈懿行投降了，"不过你确定吗？你也被会画道，你这是伤敌一千自损一千。"根本就是"同归于尽。"

"没关系呀，给你瞧嘛。"

沈懿行继续道："不过事先说好，如果你总是输，不要拿我泻火。"

"……知道啦。"

于是，符晓拿出了一个骰子还有马克笔，开玩儿。

她将骰子放进一个不透明的杯子里晃，接着"砰"一声扣在地上："是大是小？"

沈懿行面无表情道："大。"

"好，我猜小……开了开了！"符晓大喝一声，掀起了塑料杯，凑过去一看——是六点。

符晓："……"她郁闷地将笔递给了沈懿行。

沈懿行嘴角勾出一丝笑，拔开笔帽，微微倾身，在符晓脸上画出了一道。他靠得近，动作也轻，看符晓的眼神十分专注，仿佛正在完成重要的事。

符晓："……"她看着沈懿行微扬起的脖子，又是没来由地一阵脸红。

第二次……还是符晓输了。

第三次……依然是符晓输。

到了第五次上，符晓总算得到机会给沈懿行画道了。她怒而拔笔帽，在对方脸上画了长长的一道。可是……沈懿行的表情淡然，眼睛还是漂亮得很，让人不自觉地去看他的眼睛，那道"猫胡子"似乎也没什么用……

两个人玩儿了二十几次，沈懿行只输了两回，被符晓画了两根"猫胡子"，可整体看起来根本不算丑。

符晓就比较惨。她清楚地知道，自己两边脸颊全都被画满了。

悲催……

符晓问沈懿行道："猜大小有绝招？"

沈懿行说："不知道。"

"那你怎么可能只输两次？而且在开始游戏前，你就讲了奇怪的话，什么'如果你总是输，不要拿我泻火'！你一定作弊了！"

"没有。"沈懿行的表情还是平淡的,"只是,我的运气一向都有点不科学。"

符晓说:"你好欠揍……"

沈懿行又掐了一下符晓的脸:"不然怎么会在学校里遇到你?"

听着甜言蜜语,符晓消了点气:"那你先坐一下,我去把脸洗了。"

"去吧。"

符晓晃晃悠悠地走进洗手间,经历了一番痛苦挣扎后,还是抬起眼看了看镜子——她得看看自己到底是有多丑,到没到会吓到沈懿行的程度。

然而……当看见镜子里的自己时,符晓却是呆在了镜子前。

她的两边脸颊,都被沈懿行用马克笔画上了道道。

左边脸上,是"Je t'aime."

法语的"我爱你。"

右边脸上,是"Je t'adore."

法语的"我仰慕你。"

再下边,还有一行小字:"Je te désire."

法语的"我想要你。"

符晓知道沈懿行不会讲法语,大概只是因为自己会讲,他才去学了这么几句话。

符晓轻轻俯下身去,用水冲洗自己的脸。

刚洗两下,她就觉得水温好烫。她将出水改成冷水,可却依然觉得……好烫。

第八章　我的男友名叫沈懿行

"Je t'aime." "我爱你。"

"Je t'dore." "我仰慕你。"

"Je te désire." "我想要你。"

华羽的"浪淘沙"项目进展很快。

香水瓶身和配方设计的招标是同时进行的。

符晓觉得自己好像刚被选中,凯西便给她发了香水瓶身设计。

符晓只是看图,便被深深地震撼了。

瓶身是非常纯净的蓝色,只是看着,便像感受到了海边的风。瓶子造型偏向椭圆,有着极美好的弧度,精致得让人想拿在手中不放。而最最特别的……是它的玻璃是双层的,里层为蓝,外层透明,两层玻璃之间有一层小小的缝隙,里面被填进了一点白色的细沙。当将瓶子倒置之后,细沙便会从底部一点一点地落下,构成了一个玻璃流沙样子的沙漏,细沙中间还有一些五彩的小亮片,好像是被时间埋藏于细沙中的小贝壳。瓶口双层密封,也是蔚蓝色的,可以隐约看见银白色的喷口。

"好漂亮啊……"符晓对凯西说。

明明是十分复杂的设计,可是看着却不感到复杂,只觉得海和沙子融为一体,沙被大浪淘尽了原先的铅华,连自己的心好像也随着宁静了许多。

至于营销计划,华羽的市场部也早在公司招标时便制订了。有了"国风"的经验后,第二款香水的营销显得游刃有余。

他们给所有收集到的"国风"消费者发了邮件,还针对商场的促销员进行了大规模的培训,又在各大时尚杂志上轰炸了一轮,最后也没忘了攻占各个时尚网站,公关稿件、论坛帖子、微博文章都满天飞。

在这个项目中,符晓才知道,原来时尚类的公关稿件十分难发,基本都要搞个什么"合集"才行,就算搞了合集,编辑也未必给通过,只有编辑认为真正有价值的信息才能刊发。

就这么着,在凯西认为"配方完美、瓶身完美、广告完美"的搭配之下,"浪淘沙"上市了。

首周的销售额……便破了三千万,远远超过"国风"那时候的表现。

凯西简直快笑疯了。

符晓也特高兴,不仅仅因为她的香水上了市,而且很受欢迎,还因为她终于没辜负沈懿行——她这边的"任务",已经是完成了。

她老在香水爱好者们聚集的网站上搜自己,看香水爱好者们讨论"符晓"这个陌生的名字。

很多人问:"'浪淘沙'的调香师是谁?符晓?以前好像没听说过?"

有人回答:"不知道是新人,还是超常发挥。""以后可以关注一下这个'符晓',看到底是新人还是超常发挥。"

她还一页一页地读众人对"浪淘沙"这款香水的评论,发现百分之八十以上都在夸。这对本土香水来说很不容易,因为通常来讲,很多顾客十分喜欢抨击本土公司的一切努力。

她看到了不少人说:"海洋太真实了,好像一个童话""刚开始时沙子忽隐忽现,到了最后才渐渐地显露,很美""大浪淘沙,非常感动"……

符晓突然觉得,转行业的痛苦,学法文的痛苦,全不算什么了。

还有一次,符晓竟然突然间在"北大学霸男神"的博主那发现有人说:"我平时喜欢买香水,最近有款香挺火的,调香师叫'符晓',突然想起男神当时的全班第一也姓符,而且毕业之后去了一家香精香料,不能是同一个人吧?"

符晓吓得够呛。

幸亏,没人理她。

大家关注的是男神,没人关心那个"第一"——除非混得很惨,还会有人嘲笑。当年那个"第一",只是配菜罢了。

符晓每天都会跟沈懿行聊天。

"懿行……"一天,符晓对沈懿行说,"懿行,红了之后好爽。"

"……"

"我以前总是想,红了也会有红了的苦恼。但我现在发现,红了真的是太爽了。"

沈懿行却没有说话。

符晓问:"懿行?"

对方还是没理。

符晓又问:"懿行?"

依然没有回音。

"懿行!"

又过十秒:"懿行……"

符晓有一点纳闷了——过去,这事从未发生,只要和沈懿行聊上,对方离开之前总会告诉她一声。

符晓等了足足两分来钟,沈懿行才终于回复了符晓:"抱歉,刚刚我在拍照。"

"拍照?拍什么照?"

沈懿行发了一张给符晓。

符晓点开照片一看,发现是一份文件。

文件的右下角,盖着一个公章,公章上边写着:"国家食品药品监督管理局。"

文件的标题是……"国家食品药品监督管理局药物临床试验批件"。

符晓:"……"

一瞬间,整个世界都安静下来了。

符晓呆呆地望着图片上面的十几个黑体字,大脑竟是一片空白,时间仿佛都凝固了,一秒一秒缓缓流逝,温柔得仿佛是沙漏中的细沙。

符晓卧室的灯光是暗黄色的，此时，灯光宛如海浪一般的能轻轻流动的东西，流泻在符晓的床头，将她的人也拥抱其中，灯光中跳动的细小尘埃也像是随风翩跹的精灵。

过去，符晓一直是在克制地思念着，为了两个人的将来而如陀螺般整日忙碌，就像是一个人在寂静的夜晚唱着一首情歌，孤独中还透着些清甜的味道。有时，当夜深人静时，她听着时间的水一滴一滴落下也会稍微有些慌张，然而现在，往常那些沉甸甸地压在她心尖的东西，似乎忽然之间生出双翼，终于欢快地飞了开去。

符晓松了口气。

他们俩……都成了。

她自己力压了一众调香好手，调制的香水已经正式上市，而且销量好得让人发慌，各种好评也是从不间断。至于沈懿行……也将一直想制的药制出来了，符晓觉得那药很有市场前景，肯定卖得掉，嘉懿可以将钱用于继续发展，同时期待药被正式投入应用。

符晓也不清楚，如果没有那个约定，他们各自走到这步需要用多久。从她自己的角度讲，大概会花很长一段时间……再往下走的话……也同样不容易……符晓也不知道她还能不能再往下走了。而现如今，她实现了之前章唯一所说的"在三年内赶上他们"，她还十分年轻，她的未来还在极为遥远和广阔的地方。

符晓很喜欢花。她喜欢鲜艳美丽的花，也喜欢种毫不起眼的花。她埋下了颜色暗淡、形状丑陋的平平无奇的种子，每天悉心栽培，期待它能发芽。最终，她心中的花园开满了一丛丛繁密的花。

她的室友曾对她说，她的爱情与别人的有些不同——两个人不轻易见面，简直不像是真正的爱情。符晓不知道怎样才算是爱一个人，她觉得自己也根本就不想要了解——如果"爱情"这个东西具有它自己的意识，它也一定不会希望世人给它确定定义。它是广博的、自由的，绝不会被定义束缚。

也不知道怎么回事，符晓想着一路上的种种艰辛，突然间就哭了。她不懂自己为何哭，于是便理解成，是为了可以无所顾忌地生活。

她终于和沈懿行在一起了。

而且，她还想着：我竟然可以这样从容地感怀往事了。

今天这个场景，其实在符晓的梦里也只出现过两三次。她好像是不敢梦见，怕梦见的次数多了，会降低它真实地发生时的幸福感。

就在这时，那边沈懿行又用微信语音说："晓晓，我现在可以去见你吗？"

符晓回对方道："你现在来，要蛮久的。"沈懿行的公司远，住得也远，在城边上。虽说现在时间晚了，交通不似白日拥堵，但是符晓估计对方也要开上一个小时。

沈懿行说："我想见你。"

"不不不不，你误会了。"符晓回答，"我意思是，我希望能更快一点。"

她真的是一秒钟都等不及了。她只想要拥抱对方、亲吻对方，以沈懿行的百分之百的女朋友的身份，为了这个目的她连一秒钟都等不及了。

顿了一顿，符晓又说："我们在两人中间的……北大……化学楼，见面吧。"其实北大并不是绝对的中间，但那是他们两人恋情的起点，有特殊的意义，她想在那里见面。

沈懿行说："好，几点？"

"不约几点，"符晓回答，"我们两个都用最快的速度去，谁先到了，便等一下。"

沈懿行笑了："好，注意安全。"

"那……"符晓按着"语音"按钮，"预备……跑！"

说完这句，符晓一跃下床，穿上了一身休闲的衣服，抓着手机，蹬上双帆布鞋，便"轰"地一下拉开门跑了出去。

她跑到大街上，一边跳脚一边等出租车。等了半天没有一辆空的，让人有些着急。于是她用软件叫了个"出租车"，加价二十，很快便有一辆空车赶了过来。

"快快快，去北大！"符晓急急地说。

"好嘞！"那个司机大笑了声。

司机果然开得飞快，符晓觉得像在坐船。那个司机十分奇怪，一手开车，另一只手上拿着两个健康球一刻不停地转，转弯总跟漂移一样，一个直角，便从最左边那道"刷"地一下直接冲进三环。

符晓见司机是右手转健康球，便问司机："师傅您是左撇子吗？"

"不是呀，正常的。"

见那师傅是用非惯用手来开，还把车给开成这样，符晓只好艰难地道："您……您……您还是慢一点好了……不急……"

师傅奇道："又不急了？"

"嗯……"

下了出租车后，符晓便一路跑向教学楼。她觉得自己像在拍日剧，一直拼命地跑，只为了能见到心上人。

为了省时，她穿了帆布鞋。因为不胖，她跑起来也很轻盈，长发扬起，在她身后凌乱地飘。偶尔有人看见，都向她投来好奇的目光。

微微抬头，竟然可以看看星星。群星闪烁，亮得令人难以置信，漆黑的夜空仿佛都被它们推得远了——符晓已经很久没在北京见过这样的夜空了，尤其现在还是空气最不好的初冬。建筑物在昏黄的灯光下显得轮廓有些不明，似乎已经融进了夜色中，它们静静地矗立地那里，见证着这座百年学府所发生的一切故事。月光温柔，地面微微泛白，好像海底世界，而道路两旁的树丛就像深海中的珊瑚礁，在水汽中微微荡漾，有一种梦幻的感觉。

跑着跑着，符晓有些累了，可她却没停下，依然在跑。她发出吁吁的喘息，肺部像要爆裂，可她觉得，意识总能操纵躯壳，她一定还可以再跑。

脚下越来越沉，符晓还是在努力挣扎着，肩部晃得厉害，像是在用上身带动下身。

终于，化学楼出现在了视线中。

化学楼是新楼，符晓可以看见大楼玻璃后的一排观景阳台中透出的明亮灯光，灯光散发着白色的光晕，微微地照亮了阳台旁边墙壁上刻着的"北京大学化学楼"七个字。

其实他们没有约好具体在哪见面。化学楼是庞然大物，符晓本来以为她要绕着楼跑一圈才能找到沈懿行，可她刚刚到阳台下，便发现了她这些年最熟悉的身影。

"懿行！"符晓喘着气叫。

而后，虽然她看不清，却觉得对方是笑了。

"懿行！"符晓直冲过去，飞身一扑，直接扎进了沈懿行的怀里。

她用力地嗅了嗅对方干净好闻的气息，而后才抬起头，望见了她平日里最喜欢的对方的眼睛。在月色下，对方的眼睛闪烁着，有点点的光影，而她从那光影的最深邃处看见了许多情绪。

"懿行，"符晓又说，"恭喜。"

"嗯。"

符晓还是抬头看着。

而后，就被对方吻了。

此时正是寒假，校园中人不多，而且还是晚上十点多，化学楼周围人很少，偶尔有一两人路过，也是急匆匆地向着宿舍赶去。

沈懿行很小心，像是在对待易碎品一般。

他捧着符晓的脸颊，先是吻上了她的发际，而后慢慢下移到了额头。符晓能感觉到对方温热的唇。唇软软的，还带着幽微的呼吸，不是隔着红叶能体会得到的。

沈懿行又吻上了符晓的眼睛、睫毛，他用双唇轻轻夹着睫毛扯了一扯，符晓只觉得睫毛有种痒痒的感觉，她忍不住笑了下。

沈懿行沿着符晓的鼻梁一路下滑，到了唇边停了一下，两个人在极近的距离下凝望着模糊的对方。他们口唇中的呼吸交缠在了一起，在冬季的北方被凝结、又飘散，而在这样的寒冷中，对方是唯一的暖意。

符晓心脏咚咚直跳，似乎可以冲破胸膛。

片刻，沈懿行终于小心翼翼地碰了碰她的唇，蜻蜓点水般的，碰了一下立即小心地避开了，似乎不敢相信自己真的可以触到对方。几秒之后，沈懿行才又碰了一下，几秒之后，又是一下……每一次轻贴的时间越来越长，到了最后，终于彻底贴住了符晓的嘴唇。

符晓忍不住轻哼了一声。不知道是不是因为跑得太久，她两条腿无力，有点站不住了，于是伸手紧紧搂住对方的肩。

两人分开片刻，沈懿行看着符晓发红的湿漉漉的嘴唇，稍微吹了口气，没有忍住又是抱紧怀里的人贴了上去。

他们每次都是舌尖互相碰触之后旋即分开，两人都没有深入，生怕惊到对方。他们小心地呵护着彼此，却又有着温存的渴望，由内而外，单纯真挚。

最后，不知道从何时开始，沈懿行一手紧搂着符晓的腰，另一只手摸着符晓的脸、耳朵、脖颈、头发，同时口中重舔重压，无比霸道，占有欲非常强，甚至变得有点粗鲁、炽热、强悍，像要把人整个揉碎，生吞下去，永远属于他一个人。

符晓觉得呼吸全部被俘获了，喘气都有一些困难，只能被动地跟随着沈懿行略有一些狂热的节奏，全身上下很热，似要燃烧一般，北方的冬天都无法为她降温。

符晓轻轻地推了推沈懿行："懿行……"

"……嗯。"沈懿行放开了符晓，而后紧紧将符晓拥在了怀里，一遍一遍亲吻她的头发。符晓也用力抱着沈懿行，虽然都穿得厚，却也可以感觉得到衣服下勃发的力量。

他们两人就那样抱着。符晓将脸埋在沈懿行肩膀上，沈懿行时不时吻符晓的头发，一看就是一对热恋中的情侣。

"懿行……"符晓说，"正式交往了。"

"嗯。"

"你再招惹别人，你就是个渣男。"

"我为什么招惹别人？"

"那谁知道……就是渣呗……没有理由。"

"……"

"懿行，"符晓说，"我不想回家。"

"好啊。"沈懿行勾勾唇，"去哪儿？"

"这个点，也不能去哪儿了……我们去后海吧，晚上可以划船。"

"后海？"

"嗯。"

"走吧。"

后海在北海公园的北边，是什刹海的一小部分。什刹海其实不是海，而是一个人造的湖，几百年前便已经被建造好了。后海是长方形的，两侧有许多老胡同、四合院、王府……还栽满了垂柳。现在，后海两侧都是饭店、卖小玩意儿的商家，还有许多酒吧和咖啡厅。

后海大概是北京唯一一个可以晚上划船的地方。他们两人租了一条小船，沈懿行便摇着小船的双桨缓缓地划离了码头。小船划破水面，涟漪向船的两侧一波一波地推开，船桨拍打水面发出清脆的声响，仿佛在拨弄人的心底。

虽然是大晚上，却并不是很暗，两边饭店和酒吧霓虹灯闪烁，五颜六色宛如蜻蜓在阳光下轻盈振翅所闪耀的缤纷，驱逐了湖上的一方黑暗。偶尔有些水域躲在暗处，漆黑的湖水中像有一只怪兽正窥视着什么，但却很快便被船桨激起的水花打乱。酒吧中阵阵的音乐声传到水上，让人觉得好像不是在繁华的城里。后海两边的酒吧大多很雅致，没有震耳欲聋的激昂音乐声，有的只是一些浅吟低唱的小情歌，倒是很适合两人此时的心境。

"冷吗？"沈懿行问。

"还好……"北京这个月份，倒也不是很冷。

过了一会儿，符晓看着在月光、灯光下的沈懿行的脸，心里又有点痒，于是微微前倾着身子对沈懿行说："懿行……"

"嗯？"

"我想再亲亲你。"

沈懿行："别闹。"

那边符晓却已经姿势诡异地趴向了沈懿行。为了防止重心偏移船会翻掉，她的双脚还在远处，手却支在了中间的木梁上，探着身子向前索吻。

"……"沈懿行只好过去，轻轻吻了符晓一下。

符晓说道："你应付我……"

沈懿行笑："再闹真的翻了。"

"那你就快点呀。"

"……好吧。"沈懿行贴上了符晓的唇，很认真地给了她一个吻。

湖面上没有别的船，光线也是十分昏暗。

在月光和星光之下，在平静的湖面之上，在周围的丝乐声中，他们再一次接吻了。

一吻结束之后，符晓却只老实了十分钟，便又想接吻了。

沈懿行无奈了："你把手给我吧。"

"手？"符晓说着，伸长爪子。

沈懿行放下了一边船桨，捏着符晓的手垂眸看了一看，而后低头在她指尖轻吻了下，还用力地捏了一捏符晓的手。

符晓心跳加速，急忙别开目光。

两人一共大约只划了半小时，沈懿行便带符晓回到了码头。

沈懿行问："去逛逛吗？"

符晓回答："好！"

后海两边不少卖东西的小店，符晓看这也好看那也好，沈懿行几乎都给她买下了。

在一家卖剪纸的店，沈懿行挑了两张男女童的画，并将其中的一张递给了符晓，说："代表我们两个吧。"

在那之后，他们溜达到了一家卖扇面的地方。屋子不大，墙上却到处都挂着已经写满了的扇面。扇子有大有小，最大的甚至占了半面墙，至于最小的呢，却只有普通扇子一半大。

店里坐着一位老人，自称是什么书法协会的会长，极力向两人推销着："要不要来一首两人名字的藏头诗？"

沈懿行问："藏头诗么？"

"一百一张。"

沈懿行说："这样也好。"

符晓却是拉他:"一百也太贵了……他只写一分钟,就能赚一百块……"

"没事,"沈懿行却是摸了一下符晓的脑袋,"我想多留下些关于今晚上的回忆。"

"哦……"对沈懿行想做的事,符晓一向是应允的,就像对方对她一样。

老人问了二人名字,知道是"符晓"和"懿行",稍微思考了下,便挥毫在扇面上写:符分彼此两心知,晓望清寒饮花露。懿德道心留其间,行看岁岁长相对。

字写得很飘逸,断连辗转十分流畅,字间正欹交错,任情恣性颇有格调。

"嗯嗯嗯……"从小店出来后,符晓将扇子举到沈懿行面前,并对沈懿行说,"一百块。"

沈懿行:"……"

符晓又挑刺道:"这平仄怪怪的……这样的一首诗,哪里值一百块……"

沈懿行笑笑说:"我倒觉得很好。"

"不会的吧?你真觉得,这首诗的平仄很好?"

"我不大懂平仄。"沈懿行说,"只是觉得,很像我们两个。"

"嗯?"

"'符分彼此两心知',有点像我们当时的约定——说好了要各自努力,等到实现那天便在一起。'晓望清寒饮花露',也是代表了当时的心境——一边忍受着孤独,一边又能感受得到香甜。'懿德道心留其间',好似在提醒那'不忘初心'——你要调制梦想,而我一直渴望治病救人。最后,'行看岁岁长相对'……挺符合今天这个场景的——我们正式交往,并且期盼着遥远的一生。"

符晓又低头看了看扇面。

此刻她突然也觉得,平仄根本不重要了,甚至用词考不考究、是优是劣也无所谓，这首诗就是很好的。

符晓将扇子仔细地叠好，拿在手里，掌心发烫，庆幸自己进了刚才的店。

逛了一圈，符晓还是不想回去，于是两人找了一家咖啡厅坐。

他们选择的是店外面的雅座。符晓手里捧着杯香浓的咖啡，感受着后海湖面刮来的微风，心里真的希望此刻可以永恒。

她和沈懿行是真的在一起了。

符晓想了一想，抓起了沈懿行的手，与沈懿行十指交握，并拍了张照片。

符晓发了她这辈子第一条秀恩爱的朋友圈："正式获得。"

第九章　七十二亿人中找到你

而我在七十二亿人当中，找到了你，难道不是个奇迹么？

从拿到批件的这天开始,符晓向她周围的人提起沈懿行时便再也不用犹豫,终于可以正大光明地说"我的男友名字叫沈懿行"。

因为她已经公开了——她有了正式的男友。

事实上,喝咖啡那天她的朋友圈刚发十秒钟,留言、点赞两项数值便双双达到了史上最高峰!

室友一说:"是男神吗?!男神真的被你收了?!"

室友二说:"撒花庆祝,咱们寝室可出息了。"当时她们寝室四个全是光棍。

温柔的室友三还是:"恭喜晓晓,百年好合。"

符晓一一回了,而后发现她对面的沈懿行也给每人都回了一个笑脸。

符晓没有想到,正式交往之后,最兴奋的是她的父母亲。父母飞速地向全部亲戚宣布符晓不是没有人要的姑娘——过去因为难以理解两个人奇特的"半交往"的形式,两位老人感到很难开口对亲戚们解释清楚,于是对外便只好宣称符晓是单身。公开之后,符晓爷爷奶奶、外公外婆非要见一见沈懿行,符晓没有办法,带沈懿行回家吃了两次晚饭。在晚饭中符晓可以明显感觉得到,沈懿行比她要受欢迎多了……人人都喜欢沈懿行,觉得她捡到了宝。

…………

在事业上,符晓还是跟随着章唯一学习调制香水。"浪淘沙"的销量一直居高不下,章唯一甚至对符晓开玩笑说,过不了几年自己"佩兰首席调香师"的身份大约就要让位给"弟子"了。

至于沈懿行那一边,进展也是十分顺利。

有时符晓会去论坛、微博偷看别人夸她"老公"。

所有获得临床试验批准的药，全部会被食品药品监督管理局公开、公示。并且，不光是获得临床试验批准，之后一期、二期、三期临床的情况也会被发布，让大众知道都有哪些有希望的药物有可能上市。很多专业媒体、论坛、微博博主和微信公众号也会定期做总结，供业界从业人员还有医院医生简单地了解到最新的信息。

一般来说，"文章读者"不大在意都有谁获得了临床试验批件，因为获得临床试验批件这件事基本上无法说明任何问题。他们私下里喜欢八卦的，反而是谁"挂"在了第三期——谁耗资了多少多少，最后倒在黎明之前。沈懿行见过不少药厂 CEO 在讨论起这个时都有一种幸灾乐祸的态度，仿佛这个可以证明他们不去碰"创新药"的领域是个无比正确的决定。

不过，这次不同。

沈懿行的这款药物，受到了非常大的关注。

很多人都知道，嘉懿的这款药，是全球第一个使用该通路的哮喘病类药物。

倘若通过临床试验，它就是中国第一个真正意义上的创新药。另外几家本土企业也在研发创新药，不过还没有到临床阶段。过去虽然号称"创新药"的药物有好几款，其实创新性究竟有多少十分难说。

要说起来，嘉懿也很幸运——竟然半年便拿到批件了。

国家食品药品监督管理局规定的临床试验审批时间是三十天到六十天，但多数企业要等一年甚至一年半才能拿到批文，而美国审批时间只有一个月，欧盟是三个月，连巴西和阿根廷也只有几月。中国有几千家药厂，药监局却只有几百人在审批，美国是几百家药厂，药监局却足有几千人在审批。大家都在同一起跑线上，审批时间长意味着落后。

所有人都在好奇地关注这款药的将来会是怎样——成为中国第一款创新药、带领中国进入 3.0 时代吗？还是，在一期、二期或者三期临床中折戟沉沙、告别舞台?

它能成吗?

它是一个标志,还是一声号角?它是国内国企追求创新路上的主角,还是只为未来英雄提供教训的配角?

很多人都在期待着,就连平时最喜欢听"谁谁挂在三期临床"的那些个药企的 CEO,也隐约有些希望这个让他们已经麻木的行业能被掀起一阵滔天巨浪。

为了看人夸她"老公",符晓保存了一堆网站,关注了一堆博主,订阅了一堆公众号。

每次有人针对嘉懿发表评论,符晓都要仔仔细细阅读一遍,然后决定要不要鄙视评论者。

比如,一次,一微信公众号总结"十二月的临床批件",说:"上月,药企申报的受理号有近 500 个,现在,我们来看都有谁拿到了批件。"接着,针对嘉懿公司,他评论道:"嘉懿过去上市了三款仿制药,销量全都不错,研发能力很强,这次下了血本,赌得是非常大,小编对嘉懿抱有很大期望。"

符晓知道,那几款仿制药,也是沈懿行决定要做的。沈懿行天天都上 FDA (美国食品药品监督管理局)网站上盯,选择他预测的将来在国内会高发的病的药物进行仿制。因此,见这公众号这么讲,符晓在心里给它点了赞。

再比如,有个微博博主自以为是地道:"作为小公司,很舍得投钱,但公司在生产、销售上的短板使这样的投入能否产生回报打上了大问号。不能把研发转化为销售,不能把投资转化为利润,都是纸上谈兵,经受不起考验。"

符晓却是清楚,沈懿行根本没有打算自己生产和销售,博主胡扯,于是在心里默默地鄙视了下那个博主。

也有文章预测:"嘉懿大概会将技术转让出售,由有实力的公司来进行试验、生产、销售。嘉懿会变成一个技术贩子吗?让我们大家共同关注嘉懿的后续发展。"

虽讲对了，但语气很讨厌，符晓想了很久，还是鄙视。

至于那个"北大学霸男神"微博博主，则像疯了一样，不住地狂吼着："男神弄出了国内首创的药！会是中国第一吗？"下面一群人疯狂膜拜沈懿行。

很快，嘉懿公司便宣布了打算转让技术的消息，将一款有希望能上市的哮喘病类药物交给别人进行临床试验、生产和销售。倘若最后可以成功，那家公司便能独吞全部利润、赚得盆满钵满，享受"国内首款创新药"的荣誉，为自己赢得很可能是这个制药行业前所未有的名和利。

在巨大利益的驱使之下，嘉懿在公告后的第一个小时便收到了报价。

沈懿行亲自与对方谈了很久。不得不说，对方是有着十足的诚意的。

接着，短短几天之内，报价源源不断飞来。

不仅有国内的药企，甚至有国外的药企，有两家在世界上排得上号的大企业也参与到了角逐当中。药物就像一个姑娘，被众多追求者包围，其中不乏很多英俊的小伙子，他们是其他姑娘爱慕的对象。

嘉懿是周一公布消息的。一周之间，不断有新报价刷新上线。

到了周五下午，周国富和龚家宁极为兴奋地跑进了沈懿行的办公室，"砰"地一下拍上桌子，脸上闪着红光："懿行！听说，有大土豪提出了一个惊人的报价！是真的吗？"

"嗯。"沈懿行从办公桌上抬起了头，"对。"

"多少？！"

沈懿行说："15亿美金。"

"哇！"周国富夸张地大叫了声，"15亿！美金！"

"嗯。"

"15亿！美金！"

"嗯。"

周国富说："这金额爆表了！天价转让，国内排第一了！"

龚家宁也十分激动。因为状元学了生物，他上学时总被嘲笑，现在却是要翻身了——这15亿美金一进来，公司估值便会上去，他的身价也会上去，更加可以扬眉吐气。不过，自从"夺权"事件之后，他和沈懿行关系降了温，因此他并没有像周国富一样对着沈懿行大声吼。

周国富又说道："懿行，那你还在犹豫什么？！赶紧签啊？！"

"我……"沈懿行抬眼看着两个人，说，"我一开始也觉得挺高兴的。"

"……啥？"周国富一脸的茫然，"难道现在你不高兴了……吗？"他完全不懂对方在说些什么。

"对。"

"为什么啊？"

沈懿行说："在打算应允的时候，我忽然间舍不得了，不想卖了。"

"……"

沈懿行的眸子很亮："我想自己进行三期临床试验。"

没错，自己生产，自己上市。药物的包装盒上印着"嘉懿"商标，而不是任何其他公司的名字。当有人认为这款药拯救了他的生命时，会说："多亏了嘉懿的那款治哮喘的药。"沈懿行有感觉，那时他一定能感受得到自己存在的意义。

而且，交给别人，他不放心。

别人有他对这款药认真吗？别人有他对这款药熟悉吗？别人会将这款药的试验放在最优先的级别上吗？会倾尽全力让它尽早上市吗？若试验结果显示药需要调整，别人能用对的方式对它进行最完美的改进吗？

另外，临床试验数据造假，在行业内十分普遍。如，明明只有五百个受试者，制药公司却给改成两千。沈懿行无法接受这种事。万一因为对方造假,他制的药上市之后出了问题,反而害了某个患者……他会非常后悔当初转让的决定。"

周国富呆呆地盯着沈懿行那极为英俊的脸说:"懿行……你……你疯了吗?"

沈懿行:"……"

"你知道临床试验要多少钱吗?是前期的两三倍啊,咱们一开始便知道做不到的。"

"我正在想办法。"

周国富继续道:"虽然三款仿制药卖得还不错,但利润大多用于新药研发了……前期投资人投的那些钱,也早就花得一分不剩了……当时你为了尽快弄出来,烧钱烧得那叫一个厉害,几千块一瓶的试剂都随便用……当然就算你慢慢地研发,那些钱也早晚都要花的……可是嘉懿才成立四年啊,没多少钱让你为所欲为。"

"所以我考虑再融一轮资。"

"哪有人肯给你这么多钱……"在嘉懿待了四年整,周国富也懂了不少资本方面的事,"在中国的投资公司,基本都只投资短平快的项目,很少人会投制药的。制药需要太多钱了,而风险又高得出奇,没几家尝过甜头的,发怵的倒是一大堆,你当是在华尔街吗,制药被当成香饽饽。"制药高风险高回报,很受华尔街的青睐,因为某种药物一旦成了,简直就是台印钞机——人在面对"治病"这件事时,是不惜任何代价的。吉列德制药靠着一款每年的销售额破百亿美元的丙肝药,股价从几角涨到高峰时的每股 120 美元,每次有人说穿越回去买苹果的股票时,周国富都会笑着说不如买吉列德。

沈懿行说:"那么我就去一趟华尔街,正好看看,能否中美同时临床试验,这样以后可以中美两国同时申报。"

"……"

"我不动你们两人股票的份额,由我、金鹏、葛峰来转让给对方。"沈懿行有信心能说服那两个。

"不是……"周国富语气变软了,"拿着15亿美金,发展公司难道不好?多整点仿制药,同时开多条生产线,你想研发新的创新药也可以,下次我肯定不会再说服你了……"

沈懿行沉默了一下:"我不确定下次是什么时候了,对于新的研发项目,我暂时还没有任何头绪。"

"你……你要为公司长远考虑,也要为股价长远考虑……"

沈懿行说:"我不明白,自己进行临床试验,怎么是不为公司长远考虑了?这款药一旦上了市,成为治哮喘特效药,利润远不止15亿美金这么少。"哮喘在全球内的患者非常多,它的治疗也是研究热点之一。

"这……这……"周国富咬了咬牙,终于发狠地说出最大的理由,"懿行,你明白的。三期临床……会淘汰掉90%以上的药啊!"

这是个令人悲哀的事实。人体如此复杂,生命如此复杂,理论上再完美的一款药,真正到了临床阶段,可能也会将研发人员的自信心摧毁殆尽。理论上完美的药物非常多,可到了实际就不是那回事了。一期临床一般需要几十个人,目的是验证药的安全性,淘汰率差不多是30%。如果一期临床没有出现不可接受的事,便往下进行到二期临床,一般需要几百个人,目的是看药的有效性,淘汰率是50%。三期临床扩大药物试验规模,参与人数通常为两千例左右,淘汰率是55%,而经受之前所有考验,最后倒在三期的药数不胜数。根据统计,合成一万个化合物,其中只有一个能够真正上市。在一万个化合物中,大约有一百个值得进一步的研究,经过动物试验,被降低至十个,而后……三期临床再淘汰掉其中九个。

制药就是这样一个行业,如果没有对它十足的爱,是无法经受得住挫折,熬到拨云见日的那天的。

沈懿行说:"是,我明白。"

然而,那是他从研究生期间便开始想的创新药了。他与斯坦福的华人教授一拍即合，决定共同研制那款用新通路的药。而后，无数个夜晚他彻夜不眠，苦苦寻找可以用于药的化合物……

也不知为什么，他对这款药有莫名的信心，或者说是预感，认为它会有上市的一天。

现在，要把它交给外国的公司，他有些舍不得，其实，交给中国的公司也一样，他还是舍不得。

周国富又说道："明白你还要做？"

沈懿行笑笑说："可是，还有10%的可能会成功不是吗？"

此时沈懿行突然想起他对符晓说的一句话："奇迹每天都在发生，没有那么遥不可及。地球现在已经有七十二亿人了。七十二后边跟着八个零。而我在七十二亿人当中，找到了你，难道不是个奇迹么？"他感到自己是一个幸运的人，七十二亿分之一他也能遇到，那么，百分之十的成功率已经很高。

"懿行……"最后，周国富对沈懿行说，"你是公司的CEO，肯定你说了算，最后做选择的只能是你，我们两个没权力干涉你……但我必须要说，我强烈地反对。"讲到"反对"两个字时，周国富的语气无比坚定。

一直没讲话的龚家宁也小声插了一句："我……我也是反对的……"

沈懿行深吸了口气，修长的十指交叉着。他抬头看着"搭档"们，眸子清得好像冰川，而后，他缓缓地道："正如周国富所说的，我是公司的CEO，最后做选择的只能是我，而我，也会承担责任，倘若因为我的固执，导致公司损失重大，我会引咎辞职。""引咎辞职"四字，他说得非常重。

既然他的运营方向错误，那的确是没必要当这个CEO了。

"……懿行！"龚家宁惊呆了，"谁让你辞职了？我没有那个意思的！"

"股份也可以转让给你们。"

"……懿行！"

"当然如果成了，你们不必不好意思，开心点就好了。"

"……"

送走周国富、龚家宁之后，沈懿行突然感到有点乏，于是他给符晓打了电话，想听听对方声音。

符晓很快便接起来："懿行？"

"晓晓。"

符晓立即听出了不对劲："怎么了？"

"有个问题，"沈懿行说，"符晓，如果因为我的任性，将我迄今为止所有一切全打点干净了，你会不会觉得我很蠢？"

"怎么可能？"符晓安慰他道，"你最聪明啦，肯定有你自己的理由的。我昨晚想以后孩子智商像我好还是像你好，最后都决定让他像你呢。"符晓觉得自己脑回路有时候是有一点奇怪，还是像沈懿行好了。

沈懿行忍不住轻笑了声："你想得可真是够长远的。"

符晓也觉得有一点丢人。

"那么，"沈懿行再次问，"倘若，我连嘉懿的CEO都不是呢？连股份都转给别人？"

"我……"符晓说，"我养你啊……因为'浪淘沙'，我现在一个月十来万呢……够你花啦……"

沈懿行突然觉得身上轻松了许多，轻笑着对符晓说："好，到时就你养着我吧，我白天在家里带带孩子做做家务。"

"好的哇……你手巧，没问题，比我强。"符晓知道，沈懿行的实验一直做得飞快。

放下电话，沈懿行和金鹏、慕颜又稍微联系了一下。金鹏、慕颜立场非常一致，就是也想试试一本万利，但同时表示自己接下来价格太离谱的盘，不能承受这程度的风险，同意让嘉懿再融一轮资。对于他们而言，在嘉懿身上能赚到钱是肯定的，问题只是多少，于是已经没有了太大的担忧，想要冒一个险,认为与其一点点赚,不如试试能否直接日进斗金。

当晚,沈懿行又叫出了周国富、龚家宁,三个人在咖啡厅里彻夜长谈,最后,周国富、龚家宁接受了沈懿行的选择,表示不会有什么情绪。

而令周国富转为赞同的,竟是沈懿行的一句:"我的运气一向很好,好到很多人认为不科学。"沈懿行粗略地讲了几件他经历过的很"不科学"的事情。而周国富回想了下,发现沈懿行的运气的确是到了有一些不科学的惊人程度了。他还记起了一件事,就是有次两人取现,那银行的ATM机坏了,没有一个人能成功取出钱来,沈懿行却可以正常操作那ATM机。作为药学博士的周国富,竟然信了这种东西。

至于龚家宁的态度,沈懿行不是很清楚,但至少对方没有再表示反对。也许还是因为夺权的事,龚家宁心里有根刺,不敢再跟沈懿行、周国富站在对立面了。

于是,第二天,沈懿行便出发前往华尔街了——慕颜陪同。

之所以让慕颜陪同,是因为慕颜曾经在华尔街工作过一段时间,认识不少业内人士,很有人脉,可以为投资公司和嘉懿牵线搭桥。慕颜本科学的金融,有个计算机科学与技术二学历,毕业后在美国的某所名校读了一个硕士,而后,作为很难找到工作的学金融的外国人,慕颜竟然一毕业就与一家大型投资公司签约了。他上了几年班之后回到北京,从此便开始了个人投资。

"慕颜,"在飞机上,沈懿行问,"你当时是怎么进入的华尔街?"沈懿行以前去美国基本都买经济舱,慕颜却是只坐头等舱的,沈懿行只好让办公室订了两张头等舱,心里感到自己的确不会享受。

慕颜懒懒散散，掀开盖在眼睛上的眼罩："什么？"

"你当时是怎么进入的华尔街？"

"上学期间就要找实习了，不过外国人很难抢得到职位——美国人本科时就会有实习了，而我在中国的经历没什么用。"慕颜好像在回忆别人的事情，嘴角有着一丝颇为轻佻的笑，"当时我想，投行的人都那么忙，肯定有些老板明明需要帮手但却没时间写招聘启事也没时间面试……于是我在 LinkedIn 上把几大投行副总裁的名字都写下来了，又在一个叫 data.com 的网站上查他们的邮箱地址，那破网站只免费给人看两个人的联系方式，再想看就是半美元一个，我用卡随便买了几个吧，便把那些公司邮箱地址组成方式猜出来了，然后一个一个发送邮件，介绍自己，问对方要不要免费的实习生。很快就有老板叫我过去面试，因为只有我一个候选人，直接拿到了录取书。有了几个这级别的实习，毕业时找工作就会轻松很多。"

"那你后来为什么辞职了？"

"被人管，没意思。"慕颜将眼罩扔给沈懿行。沈懿行一直坐着准备 PPT，慕颜却是十分散漫地躺在打开了的椅子上，脖颈修长，而后基本什么事都不干。沈懿行也不大清楚，听起来上学时很"勤奋"的慕颜，现在为何懒到了这样的程度。

"所以你就自己做投资了？"

"嗯。"慕颜交叉着修长的十指，无聊地动了几下，"对。"

"我听金鹏讲过，你回国后投资的第一个项目就是某个……交友类 APP，让你赚了很多。"

"第一款交友类的 APP，被称为'约炮指南针'那个。"

沈懿行：完全不能理解"约炮指南针"。除了真正喜欢的人，他从未和异性有过任何肢体接触，上学时女同学全都说他很冷。

慕颜好像想起了什么难忘的往事，又道："那个 CEO 吧，蛮可怜的，其实从来都没想过做'约炮指南针'——他是很正经的。当他看到网上铺天盖地地将他的 APP 和约炮联系在一起时，简直傻了，之后他花费了巨额的广告费试图洗掉那个污名，但是也没有什么用。"

"……"

"不过我倒是一开始就想到了。"

"嗯？"

"其实原因非常简单，就是他太有眼光了。"

"……？"

"当时中国刚有智能手机，还没有什么 APP 创业公司。他一眼便发现手机 APP 的潜力，选了'社交'这种有希望的类别。不过，他还是天真了一点……中国刚有智能手机，没有什么国产的，当时进口的智能手机又十分昂贵……所以，当其他人都没有智能手机时，第一批用上昂贵手机的女孩儿，不，是会成为 APP 目标用户的、平时喜欢在网络上结识陌生异性的，并且第一批用上昂贵手机的女孩儿中，有不少人……该怎么讲……就拿手机当作某些男人送给她们的礼物。你想，会收到男人昂贵礼物的，很多长得不错，所以一时之间男人们奔走相告……说那款 APP 上有可以约的美女，那 APP 瞬间蹿红，用户数量飞涨。"

沈懿行摇了摇头。

"我早知道会变这样，所以才会投资它的。后来感觉差不多了，我便把股份全卖了。"

"你没和那 CEO 讲？"

"告诉他干什么？万一他一开始就拼命想洗白，我还赚什么钱？"

沈懿行想到慕颜"套路"葛峰的事情，轻叹了声："你还真是，从头到尾一丁点的节操都没有啊。"都已经是"合作者"了，但却眼睁睁看着"约炮指南针"的 CEO 陷入本人最不喜欢的境地，一言不发。

慕颜回答："我喜欢钱。"如果不喜欢钱，便不会学金融；如果不喜欢钱，便不会进投行；如果不喜欢钱，便不会做投资。

"我知道了。"沈懿行淡淡道,"我会给你钱的,你放心吧。"

"希望如此。"慕颜说完伸出了手,"困了,你把眼罩给我。"

沈懿行只好又拿出慕颜的眼罩扔到他身上。

慕颜接过去戴上了,明显打算继续睡觉,半天没有动静,而就在沈懿行以为慕颜已经睡着了时,却又突然听见一句:"不过,偶尔也会有点期待。"

"嗯?"

"非常偶尔,会除了纯倒腾钱外,也忽然想有点别的什么意义。"的确是非常偶尔的,他会觉得买低卖高纯倒腾钱没有太大意义。

"……"

"所以当时跟着金鹏鬼迷心窍地投了制药公司吧。"

沈懿行:"……"

"所以,假如你能把药生产出来……听起来好像也不错。"

沈懿行说:"你睡觉吧。"

"嗯。"

从到纽约的第二天开始,沈懿行便开始马不停蹄地见各个投资经理。这些投资经理,都是慕颜直接认识,或朋友介绍的,专门考察制药领域。

沈懿行认为自己已经使出浑身的解数,然而几乎所有投资经理都没有再联系他了。

他介绍了嘉懿团队,不过"北京大学"这个名字对于美国华尔街上的投资经理们来说毫无意义,他们不大知道"北大",只对与嘉懿合作的斯坦福和加州大学旧金山分校的两位教授稍微表现出了一点兴趣。现在那两位教授都是嘉懿的顾问,并不直接拥有嘉懿公司任何股份,不过实际上,他们干的远远不只是顾问的工作,"顾问"这个名头只是为了他们能方便地兼职。

沈懿行又描述了嘉懿过去的三款仿制药物,三款药的市场表现,以及它们在过去几年中为嘉懿创造的利润。沈懿行能明显看出来,对于国外的"仿制药",投资经理们同样没什么兴趣,其中几位嘴角甚至露出了笑——嘲讽的笑,让沈懿行很不舒服。

最后,沈懿行才详细讲述了嘉懿的创新药物。因为投资经理都是制药领域专业人士,沈懿行解释了药物基本原理,展示了动物实验的各项数据,用以说明他这款药是真正值得投资的。他还贴出了众多公司对它的报价,用以表明它的受欢迎度。然而,出乎沈懿行意料,也没什么人对它感兴趣。

一次,一个和慕颜关系很好的投资经理对两个人讲了实话:"慕颜,实话告诉你吧!没有人会掏钱出来!众所周知,中国药企缺乏研发能力,最多可以改良现有药物——一家这么小的中国公司,运用与现有药物完全不同的机理,制造出药效更好的新药,这事任何人听着都会觉得是天方夜谭!这是逗谁玩儿呢?!他们肯来见你,已经是很够义气了!"

听了这话,平常看起来云淡风轻的慕颜,脸上也露出了很难看的神色。

沈懿行说:"现在中国药企缺乏研发能力,并不证明永远都是。新药迟早都会有的,问题只是会出在谁手上。"

对方又道:"我还听说,很多公司数据造假,甚至把别的试验结果移到这个试验上。"

慕颜冷着脸道:"哪有'很多公司'。嘉懿试验结果全部是真实的。"

"哦,哈哈哈。"

沈懿行道:"很多公司提过报价,难道不能说明问题?他们不傻。"

"基本都是中国本土公司,很多事情我们无从得知。三家外国制药公司里边,两家提交的报价非常低。"

"……"

"而且我们也不了解中国临床试验流程。美国项目有那么多,为何要漂洋过海呢?"

"十分明显,"沈懿行说,"中国制药的成本低,回报自然就更高。"新药越来越烧钱了,动辄就是数十个亿。"

"可成功率太小。"

"……"

"嘉懿要的钱又是那么多,如果肯给很多股份,那还稍微有一点戏,可是嘉懿只肯出10%。"

告别之后,慕颜拍了拍沈懿行:"别听他的,他们全都目盲耳塞,咱们多见些人,肯定有不瞎的。华尔街一向是这么傲慢,很多公司都过来融过资,被拒绝之后却取得成功。马云不也被撵走了?最后是日本软银投的钱,换回一座金山。"

"……"沈懿行却是若有所思的。

慕颜问:"怎么了?"

沈懿行摇摇头:"嗯,没事,回去吧。"

在华尔街整整奔波两周之后,终于有一个投资经理表现出了极大的兴趣。

不过,对方感兴趣的,却是"仿制药物"。

原研药价格高,而嘉懿仿制出来的药物,杂质全都很少,而且还挺便宜的。

叫彼得的投资经理说:"你刚刚说,因为饮食还有压力等原因,中国得心脏病的人会越来越多,我很赞同。我记得是去年年末,我在《美国心脏病学会杂志》上看到一篇文章,公布了首次大规模研究的结果,上面似乎说,中国每年新增500万例心脏病,并且没有任何会下降的迹象,这个数字十分惊人。"

"嗯。"因为各种原因,"三高"的人很多,而三高很可能会导致心脏病。

彼得继续说:"嘉懿仿的这一款药,是目前毒性最小的,而且仿得也很漂亮,相信销量还会提升。至于另外的两款药,看起来也蛮有前景,而且可以看得出来，嘉懿很有战略眼光……"

"……谢谢。"

彼得长叹道："哎……哎！其实，我是蛮想投一投看，但嘉懿估值好像有些偏高啊……1.5亿美金竟只能换10%的股权，这是我感到没有办法接受的，所有只好对你说一声抱歉了。"

结果最后，还是拒绝。

彼得简直是在胡乱撩人。

沈懿行说："15亿美金的估值不算高——此前有人出了15亿美金，只为买一款药的技术。"

"那个，"彼得笑了笑，摆摆手说，"对于'银星资本'来讲，创新药的估值实在是没有用，因为它未必能带来真正利润。我倒认为，如果能纯用仿制药的营业额和利润来估值就好了，因为那才比较接近嘉懿这家医药公司的真实价值。那样，我们投的是仿制药那个部分，今后如果想再出手，赔本的可能性小。现在，加上了你们这款不晓得能不能成的'创新药'，估值的水分显得有点大。"

沈懿行很清楚，若是纯论营业额和利润，嘉懿公司肯定达不到15亿美金的估值，然而，所谓估值，自然会包含全部的元素，嘉懿找的几家估值公司没有一家不算创新药的。

彼得十分遗憾地说道："真的是有点可惜啊。如果能占到25%的股份，我就回去和合伙人商量一下。"彼得只是投资经理，合伙人才是最终能拍板的人。

"……"

"那么，只能祝你好运。"

沈懿行沉默半晌之后，突然抬头看向了彼得。他的十指相互交叉，指尖因为用力而有一些发红，张了张嘴巴，而后用十分平静的声音说道："彼得，来对赌吧。"他的音调没有丝毫起伏,然而,在场的慕颜,还有彼得,都可以从沈懿行的眼睛当中看到烈焰。

彼得吃了一惊:"……什么?"

"来对赌吧。"沈懿行道,"如果,这款创新药物死于临床试验,那么……我无偿转给'银星资本'15%的股份。"

彼得:"……"

连似乎什么都不在乎的慕颜都忍不住喊了一声:"懿行!"

"然后,"沈懿行继续道,"如果,这款创新药物挨过临床试验,'银星资本'再注资1.5亿美金,供嘉懿研制下一款创新药。"

彼得:"……"

对赌。

对赌协议是投资方与融资方对于不确定的情况的一种约定。如果约定条件出现,投资方便可以行使一种估值调整权利;如果约定条件不出现,换成融资方行使一种估值调整权利。

沈懿行提出的协议便是:这款药物无法通过临床试验,他无偿转给"银星资本"15%的股份。

彼得担心的无非是,倘若创新药物最终无法被转化为利润,他今天的注资便会显得像一个冤大头,多花了钱,十分不值。而根据彼得的估测,去掉创新药物之后,嘉懿市值也就6亿美金,1.5亿美金该占到25%。

那么,就来赌吧。

若是不成,我给你补齐少的15%。

然而,若是成了,你再给我1.5亿,让我继续这个事业。因为成了,说明你今天的注资简直像捡了一棵大白菜,不知占了多大便宜。

此时的沈懿行,就像一个亡命之徒,在没有路的地方如野兽一般斩断荆棘,即使可以看见伤口,也会继续前进。

沈懿行心里边的盘算是,若通不过临床,他定引咎辞职,并将股份转让他人。那么，给"银星"15%好了，剩的股份……再给其他人分。银星占25%的话，问题不算太大，公司的控制权不至于旁落。有金鹏、慕颜、周国富、龚家宁，应该没问题——经过多年相处，沈懿行是信任金鹏和慕颜的。

想要得到别人都没有的好东西，是要舍命去赌一次的。

"这个建议有点意思……"彼得说道，"我和合伙人商量下。"

"谢谢。"沈懿行说，"希望我们有缘。"

彼得用力拍了拍沈懿行的肩膀，说："有消息我会通知你。"

"我会等着。"

"对了对了，"彼得突然转移了话题，"你身上的这款香水，叫什么名字？"

"嗯？"

"气味蛮好。"

沈懿行说："叫'浪淘沙'。"浪淘沙是中性香水，不论男女都可以用。

"啊？什么名？"

"浪淘沙。"沈懿行用英文解释了下"浪淘沙"的含义，末了又补充了一句，"只有中国本土有售，我用它是因为……它是我女友调制的一款香。"

"你女友是个调香师？"

"嗯。"

"她一定很爱你。"

"……没错。"沈懿行问，"为什么这么讲？"

彼得指了指沈懿行的袖子："因为你的袖扣……很有品位。"

"嗯？"

"一般男人穿西装是不会故意钉袖扣的。如果谁的西装袖子上有袖扣，说明他有个爱他的老婆。因为只有爱他，才会注意这种细节。你说你有女友，那么应该是女友钉的。而且，她是个调香师，想来对时尚也比较敏感，所以袖扣十分精致。"

沈懿行说："……谢谢。"

旁边，慕颜看了看自己的袖扣，脸上有一副若有所思的神情。

彼得又说道："那么我送你们出去。"

"好。"

彼得并没有让两个人等得太久，仅仅一周，经过不间断的商讨之后，彼得便让沈懿行过去签署投资条款清单。那投资条款清单规定了公司估值、投资金额、股权比例、投资者将享有的优先权、员工激励股权的数额及来源等等。沈懿行读了读那个条款清单，发现，"对赌"单独占了一条，而且位置十分明显，说明双方已正式下注，仔细听着容器内骰子的响声，等待揭开容器看见点数的那一刻。

签署投资条款清单，意味着嘉懿将受到排他期的约束，在排他期结束之前不得再与其他投资公司接触。沈懿行没别的事做，便买了两张回北京的头等舱机票，与慕颜一起带着那份投资条款清单回公司。

再之后，银星资本开始全面考核嘉懿，确保其已知的信息全部正确。他们雇用了一家中国的公司详细地调查嘉懿，调查范围覆盖财务、技术、市场等诸多方面。调查公司将报告发给了银星的"投资决策委员会"，而后彼得告诉沈懿行，他会亲自飞往北京，在看过嘉懿的办公室和厂房之后，选择合适时间正式签署投资交易文件。

正式签署投资文件那天，嘉懿回绝了之前全部的报价，并且宣布了进一步融资成功的消息，还披露了有关对赌协议的一些细节。

消息在业界又引发了一次地震。

"北大学霸男神"微博疯狂地吼："男神好帅！""大家都为男神祈祷！""男神一定可以成功！"而后下面有些评论建议她低调攒人品，还有些人发了一些十分奇怪的打油诗，甚至还有转发抽奖攒人品的。

不少业界人士也是一脸震惊：

"与资本方对赌！沈懿行疯了吗？"

"赌局已开，谁是赢家？"

"嘉懿CEO用15%的股份赌一个创新药的梦。"

制药行业很少有这样的热闹。

围观者众。

每个人都想看一看，这场戏的结局如何。

是药没成，沈懿行不仅没赚到15亿美金，还失去他15%的股份，还是，沈懿行不仅没失去15%的股份，还赚到了远远不止15亿的美金。

赢，赢得大。输，也输得大。

嘉懿的CEO，真是独特的人。

沈懿行却不在乎那些外界的评论。

他仔细地为即将到来的事情拟订计划。

一期临床，即将开始。

第十章　但愿恩爱一生

所以，我们两人一起画成的花，意思大概就是……但愿恩爱一生。

对于最关键的临床试验，沈懿行亲自撰写了方案，两个美国教授、周国富、龚家宁，还有嘉懿的其他科学家共同参与讨论，并且确定剂量。

沈懿行的计划是，将一期临床分为Ⅰa和Ⅰb。首先将进行Ⅰa，测试新药的耐受性。Ⅰa也是循序地进行，共招募60名志愿者，包括40名青年志愿者、20名老年志愿者，男女对半，没有患者，全部为健康人，需要严格通过各项身体检查，而且不能正在服用其他药物。40名青年志愿者会被分成八组，首先给予一组最小剂量，再过渡到正常剂量，最后再过渡到最大剂量，以便在将来二期临床中有机会选用大剂量给药，考察新药能否产生重大疗效。若40名青年志愿者用药后身体没有表现出任何意料之外的毒性，则扩大试验的范围，将20名老年志愿者也包含在Ⅰa中。同时，研究药代动力学，了解单次给药72小时内药物在人体内的吸收、分布、消除的规律，还有连续给药的药代动力学。而后进行Ⅰb，再招募200名志愿者，这回全是患者。患者会被分为两组，一组给药，另外一组给安慰剂。患者事先不会知道自己拿到的是药还是安慰剂，这是为了确认患者一切身体变化全都与药有关，而不是受心理等因素影响。

沈懿行写得非常细。他想尽量让所有受试者都安全地结束临床试验，不出现任何意外。

符晓知道沈懿行忙，也不闹着非要常常约会。

不过，有时沈懿行工作到太晚，而她又下了班，她便会偷偷去沈懿行公司，陪沈懿行工作。每次走在嘉懿公司的走廊上，符晓都会忍不住感叹下——曾经她也差点进入药厂，与这个行业擦肩而过。

一般八点以后嘉懿便没几个人在了，符晓也从来没被嘉懿的员工看见过。沈懿行不喜欢让员工陪着他加班——即使在研发药物的阶段，除了他们几个自愿加班的人，普通的博士生也很少会工作到特别晚。沈懿行一直以来的基本观点就是，只要能让每一分钟都发挥效用、减少做无用功的时间，事情是肯定可以一件件按计划完成的，如果某个员工这样也搞不定，只能说明嘉懿需要再招个人帮他。沈懿行曾在几家药厂实习过，那时他天天都要干到十二点，可他后来发现自己其实也没干多少事——当时他的上级经理不断改变项目计划——脑门一拍，告诉属下应这样做，属下忙了几天，他又脑门一拍，告诉属下应那样做，平白浪费时间。

在沈懿行最后一遍确认一期临床计划的那个晚上，符晓又去沈懿行办公室找他。

"懿行。"符晓坐在沈懿行办公室的沙发上抱着电脑。电脑，是沈懿行之前送给她的礼物，很贵，但有些沉，于是便被放在沈懿行办公室，供她每次来公司时上网玩儿。

"嗯？"沈懿行稍微偏了一下头，貌似是望向符晓的位置，可符晓用了一秒钟便发现了——沈懿行的视线还在电脑上！他他他，不认真！他还在看文件！

符晓说："没事，叫你下。"

"哦。"沈懿行终于看了眼符晓，笑了笑，正大光明地继续看文件。

"懿行啊……"符晓吃惊地道，"为什么你这样的人也能找到女朋友啊……"

沈懿行抬起漂亮的眼睛："因为有人暗恋我好几年。"

符晓："……"输了，完败，耻辱。

沈懿行也发觉自从符晓进来之后他没怎么讲话，便伸手将显示器按灭了，对符晓说："晓晓，过来这边一下。"

"啊？"符晓将笔记本电脑放在一边，起身走到了沈懿行的办公桌前，"咋？"

沈懿行笑了笑，将转椅转了转，拉着符晓的手腕往自己那带。

"咦？"符晓叉着两腿往前走了几步。

沈懿行又向下拽了一下符晓，示意对方坐下。

"干……干吗啦……"符晓说，"哪能坐你大腿……"

"怎么不能坐我大腿？"

"……"符晓红着脸问，"你不看文件了？"

"眼睛有点累了，正好休息一下。"

"对哦，"符晓伸手摸了一摸沈懿行的眼睛，"咱班可就咱俩不近视了……"

沈懿行笑了笑，捉住符晓的手，放在唇边吻了一下她的指尖，扬起脖子问符晓说："想接吻么？"

"想……"

看见沈懿行这样子，符晓没出息地被沈懿行拉着坐在了他腿上。

沈懿行伸手撩开了符晓耳边的头发，而后，他将手指插进对方长发，稍微用了点力，滑到对方脑后，符晓的发根被对方扯动，她只觉得脑袋麻麻又痒痒的，很舒服。长发从沈懿行的指尖垂下来，落在他挽起了袖子的上臂上，刮擦着他的皮肤。

沈懿行按着符晓脑后的手加了一些力道，符晓便被他揽到了他带着笑的唇边。

"懿行……"

"在这。"

两人呼吸交缠，很快便吻在了一起。

因为符晓的位置比较高，沈懿行一直仰着头，因此在某种程度上，是需要符晓占据主动的。两人只是舌尖相缠，但却没有进再一步深入。这样的姿势，让激情中带了一丝纯粹天真，水波荡漾的表面下似乎是清澈宁静的湖底。

一吻结束之后，符晓的嘴唇都红了，还带着点水光，变得极端有存在感。她连眼睛都变得有点迷离了，只是呆呆地看着她面前的人："懿行……"

"晓晓。"

符晓说："你的睫毛真长……"

"是吗？"

"嗯。"

几秒钟后，沈懿行揽着符晓的颈子，让符晓的脸颊靠近自己："闭上眼。"

"嗯？"

"闭上眼。"

"哦……"符晓听话地闭上了眼睛。

沈懿行抬起头，用自己的睫毛贴上了符晓的，而后上下扇了几下睫毛。眼皮上痒痒的，符晓立刻被逗得笑出了声，心想沈懿行睫毛果然长。

沈懿行说："睫毛打架。"

符晓低头看了沈懿行一会儿，伸手摸上了他的太阳穴，中指指尖稍微用了一些力气，不疾不缓地帮他按摩着。

"怎么？"

"据说可以缓解压力，让你心态轻松一些。"

沈懿行笑了，让符晓摆弄。也不知道怎么回事，符晓按摩对方太阳穴的两手便捧上对方的脸颊，又是低头吻了下去，舌尖间的互相摩擦让两个人再次彼此汲取暖意。

"好了。"一分钟后，沈懿行说，"我还有最后一点文件要校读，今晚必须弄好。"

"行的，你工作吧，要不然又该熬夜到明天早上了……"

"嗯。"沈懿行突然笑了笑，"不过，我看你很无聊，想交给你一个任务，过一会儿我检查。"

"啥……啥任务……"符晓傻了，"帮你看一遍文件吗？"符晓的确比较无聊，因为她目前没项目——经历了二次竞标失败和"浪淘沙"的成功，符晓也明白了，有的时候，急是急不来的，这世界上机会很多，没有可能一一尝试，因此，只能选择那些最适合自己的，并且将精力集中在这样的机会上面。她好不容易做成了"浪淘沙"，倘若没头苍蝇一般胡乱参与各个项目，很有可能会将好不容易才得到的名气摧毁殆尽，又像新人一样。她需要做的事，是拿下更多的香水项目，一步一步积累她的声誉。同时，到了她这级别，重要的是从实践中学习，也没什么入门书好看了。因此，在沈懿行办公室时，她没得想也没得看，只能在网上东游西逛。

"不是。"沈懿行说，"做个生物实验。"

"生……生物实验？！"符晓完全傻在沈懿行大腿上，好像听不懂对方讲的话。

"生物怎么？"沈懿行刮了一下符晓的鼻子，"不大难的。"

"不，"符晓拒绝，"我觉得我不大靠谱……"

"为什么你不大靠谱？"

这不是废话吗？不过，符晓还是回了废话："因为我是学化学的……根本不懂生物实验……所谓隔行如隔山啊……化学实验和生物实验不是一回事吧……"

沈懿行却坚持道："我会给你步骤说明，你照着做，很简单的，既然你会化学实验，那么肯定能出结果。"

"你……"符晓艰难地道，"找个学生物的嘛……"

"这个时间，人都走了，大楼里大概只剩你和我了。我这边还有别的事，没有空跑去做实验。"

"不能等到明天？"

"实验都进行一半了，不能放置到明天的。"

"哦……"符晓很清楚，在进行化学实验时，每个步骤都有时间限制，假若等待时间太久，各种物质便可能变质了，影响实验结果，想来，生物也是一样的吧。

"唉！唉！"符晓长叹两声，"沈懿行啊沈懿行啊，你不是很会计划吗？怎么这次这么乱啊？"

"嗯？"

"实验做到一半，就丢在了那里……也没后续安排，要抓我当壮丁！"

沈懿行笑了笑："不是，我本来就打算给你。"

"……"

"我知道你要来，才做了一半的。"

"……"

沈懿行看了一下表："好了，样本已经摇了一小时了，现在我带你到实验室去，然后我简单给你讲一下。"

符晓只能无奈地叹了一口气："沈懿行，先说好，弄坏了我可不管啊……你别打我……"

"弄坏没事。"

"就是说它不重要呗？"

"不，"沈懿行抬眼看了下符晓，"很重要。"

"……"

那边沈懿行好整以暇地在电脑上点了几下，而后打印机响，符晓看见一张 A4 的白纸被打印机吐了出来。

沈懿行走到打印机前抽出纸，又从衣架上拿了件白大褂递给符晓。符晓穿上后意识到这是沈懿行的，两边脸颊又有一点微微发烫。

沈懿行拿着纸，将符晓带到了一间实验室里，还指着一张桌子上的手套说："选个小号的戴上吧。"

"好。"戴手套她很熟悉。一次性的橡胶手套不大好戴，因为橡胶常常彼此黏在一起。她往手套里边吹了口气，然后一手掐住入口，另一只手随便一捏，刚才被吹入的空气便被压得散开，手套的五根"手指"忽地膨胀起来，符晓很轻松地便将手套进去。

符晓看见有一个奇怪的机器正在摇来摇去，而它的上方有一个透明的薄薄的小小的长方体。

沈懿行伸手拿起那个东西："这个是酶标板，做 ELISA 实验用。酶标板有很多种的。现在用的这个标板是透明的，上面有 96 个小孔洞，相当于 96 个小试管，每个里边都有一个生物标本。"

符晓完全不懂，啥叫 ELISA 实验。她瞅了瞅，发现那个标板上边确实有 96 个"小试管"，一共 8 行，每行 12 个。标板是透明的，孔洞也全是透明的。

沈懿行说："去水池边。"

"哦……好。"

沈懿行将实验的说明书递给符晓，说："第一步加抗体我已经做完了，你要从第二步'洗掉'开始。"说着，沈懿行便给符晓演示着，"用这个一排 8 个的定量吸管，从……这个盒子里吸 200 微升液体，放进酶标板第一行，再吸 200 微升，放进第二行……8 行弄好之后倒掉，在卫生纸上拍一拍，然后重复两遍。我已经给你调好 200 微升了。"

"哦……"

"然后，换用……这个吸管，100 微升的，把酶加进所有孔洞，放 45 分钟，再洗三次，加显色剂，这步有点复杂，你把那个标板上的密封撕开，用一排 8 个的定量吸管将显色剂从那个标板挪到你的标板，每个孔洞都要严格对应，等 15 分钟，这回不洗，加终止液，就完了。终止液是硫酸，你千万要小心，不过你是化学系的，我想不至于出问题。对了，等的时候可以放那机器上摇一摇。"

"嗯……嗯……"符晓眼睛凑到了说明书上面，觉得自己好像已经快对眼了，"嗯……嗯……"

沈懿行问："哪里不懂？"

"好像懂了……"符晓回答,"虽然完全不知道这个是干什么用的……"

"那你自己好好做吧,我继续回去看文件。"

"嗯……嗯……"

"那边有个有网络的电脑,在等待期间可以上网玩儿,也可以把笔记本电脑拿过来,真正做实验时戴上手套就好。"

"好哒。"

沈懿行讲完,潇洒地一转身,走了……

符晓只好悲哀地拿起一排 8 个的定量吸管,开始一排一排地加液体清洗那个标板。因为沈懿行说了很重要,她特别地小心,每次都很小心地吸、很小心地放,吸的时候如果里边有个气泡,她就会重新来,还时不时伸手拧紧那些定量吸管,等到放时又尽量让液体全都进去。之后,她把液体倒掉,还用力在卫生纸上拍打,她哐哐哐哐地拍打,觉得自己力大如牛。

没过多一会儿,符晓手都酸了,不过,总算是洗好了。

她又把那个啥鬼酶放入,扔到机器上摇,然后摘了手套跑去上网了。

其实她很疑惑,因为,水池边的试验台上,一切试剂、工具全都给她备得特别齐全,200 微升和 100 微升的吸管都调好了,仿佛就是等她去做那个实验似的。

符晓查了一下什么叫 ELISA 实验,看了半天还是云里雾里,便不管了,只知道好像是测试抗体用的。

她等了 45 分钟,又去洗了,接着加显色剂:"15 分钟,等等好啦……咦……咦?"

符晓睁大眼睛。她看见本来没有颜色的一些孔洞中的液体,在刚才的五分钟内,有一部分竟变成了非常漂亮的蓝。

那蓝如此透明、清澈,就好像是她曾经去过的北欧蓝色冰川的蓝,又好像是她曾经看过的热带中印度洋的蓝。

与此同时,另外一些孔洞中的液体,转变为更加动人的粉色。

那粉也是透明、清澈,就好像是一座艳丽的玫瑰园。

这样的蓝还有粉,是她见过最漂亮的颜色。

"真好看……"符晓忍不住拿出了手机,对着那个标板拍了张照片,"蓝和粉……"

啧,拍糊了。

然后,在拍下照片后,看着那张照片上很模糊的蓝和粉色,符晓突然意识到了,那粉色的部分,组成了一颗心。

在蓝色的包围中,一颗跳动的心。

那颗粉色的心仿佛不含一丝杂质。

"……"

这时,她听见可沈懿行的声音:"好玩儿吗?"

符晓说:"你来啦……"

"我想时间差不多了。"

符晓说:"好玩儿……"

沈懿行笑了笑:"看你总是百无聊赖,给你找了个玩儿的,觉得还开心吗?"

"……开心。"符晓问,"这实验到底是干什么用的啊?"

"可以检测抗体。"沈懿行说,"至于酶么,可以与抗体相结合,也可以在显色剂中显色。所以抗体越多,加入孔洞的酶便消耗得越多,剩下可以显色的就越少了。我用了两种显色剂,一种显蓝色,一种显粉色。显粉色的组成了心,其他地方用了显蓝色的。我将它们排好在另一个板子上,并且叫你直接挪去。"

"我知道啦!"符晓回答,"如果抗体数量太多,就显示不出颜色了,也就没有这颗心了——所以你在第一步中，到底加了多少抗体？"

沈懿行说："中间粉色部分，一丁点抗体都没有，外面那些深深浅浅的蓝，倒是都有那么一些。"

"嗯……"

因为有"抗体"，所以无法组成"心"吗？

符晓嘻嘻笑着问沈懿行："所以你对我一点抗体都没有？"

"上学那时有过，四年前就没了。"

符晓咬了一下嘴唇："懿行……"

"别咬。"沈懿行摸了一下符晓的嘴唇，而后又附身靠近了对方，"行吗？"

"嗯……"符晓抱着沈懿行的脖子，让对方搂着她的腰，再一次碰触到对方的舌尖。

这回，沈懿行不像在办公室中那么温柔，让符晓感到自己似乎都有一些缺氧了。她的脑袋全是木的，也站不稳，幸亏沈懿行紧紧地抱住了她。

沈懿行笑着问符晓："喜欢这生物实验么？"

符晓回答："喜欢……"

"我在看见龚家宁检测抗体时，就觉得你可能会喜欢这东西，所以跟他学了所有步骤，并且设计了这么个实验。"

"……"

"之前是谁说我，找不到女朋友？"

符晓"嗷呜"一声扑住了沈懿行，死死搂住他的脖子，贴着对方耳朵："找得到，找得到！板子是我的、是我的……你不要带着别人做……你……不要带着别人做……"

沈懿行笑："我知道了。"

"懿、懿行……"推开沈懿行后，符晓问，"那，加入终止液后会怎么样呢？"

"全部都会变成黄色，蓝色变成淡黄，粉色变成棕黄，不会有现在漂亮了。"

"黄……各种各样的黄……"符晓的脸红了，结结巴巴地问"'黄'……什么意思？"

"没有什么意思，"沈懿行奇怪道："能有什么意思？"

"没……没事……"是她太污了。

符晓再一次问自己，她成天都在想些啥。

方案正式确定之后，沈懿行开始联系医院。试验会在医院进行，受试者们需要住院，因此整个试验都是由医院的一期临床试验科进行的，药厂一般不会过多干预。嘉懿公司给了某家医院520万元用于一期，医院按流程启动了志愿者的招募。

沈懿行本来以为他不需要管什么，然而没过两天他便发现——不是那么回事。

有天他在上网的时候打开了QQ，在"找群"里随手搜了一下"试药"，便瞧见了很多千人的QQ群，他申请了十个，其中两个批准了他。里面成员十分热情，互相分享试药经验，还有几个一看就是中介或叫"药头"的人，每天都会发布很多各医院的招募信息。而后，沈懿行惊讶地发现，群里仅仅几百个新药受试者，竟为他展现了一出人间百态。

为了保证数据准确，同时也为了保护受试者，一般公司规定，四周内参加过其他临床试验的人不得申请，可是……居然有很多人拿着假身份证蒙混过关，还有的人，钻临床试验信息不是全国联网的漏洞，全国各地各个省市来回试药。他们经常试药，眼睛里面只有五六千块钱的补贴，看不见试药的风险，甚至对"圈内"流行的"试药三个月后便没有影响了"的说法深信不疑。这些人当中不少背负着债务，有人是做生意赔得精光，有人是炒股票炒得血本无归，还有人"玩红包"输了太多，也有些人本身患病，急于赚钱治疗其他病。害怕不被选中，他们会在兜里揣重物称重，或者换队留尿样，想尽办法"瞒天过海"。总之，有一部分人，不在乎自己的身体，也不在乎别人的。

于是，沈懿行向医院坚持，他要亲自面试候选志愿者。医院的人觉得沈懿行挺麻烦，但也没有拒绝他。

面试志愿者的时候，沈懿行的脑袋转得飞快，各种问题层出不穷，而那些"走投无路"的人玩儿脑筋急转弯明显比不过沈懿行，之前说谎的人通常在几个问题后就会自相矛盾，沈懿行将那些说谎的人全部淘汰了。

最后，沈懿行挑了60个话里找不出漏洞的人参与进Ⅰa——他认为，他们不大可能瞒得过他，讲的应该就是实话。同时，他的心底有些郁结，他说不出是因为什么，但那些受试者的经历的确让他感到郁结了。

接着，让志愿者签署知情同意书，将药监局批文、药品检验合格证、试验方案、志愿者记录表、知情同意书等材料提交到医院伦理委员会，又准备了病房、表格、检测设备之后，医院便开始了Ⅰa为期一个月的正式实验。

沈懿行又在QQ群里看见了"吐药"的方法——什么将药藏在舌底，等医生走了再吐掉……觉得十分头大，他不断地与医院沟通，自己都觉得自己有一些麻烦。

到了这个阶段，药厂除了与医院保持交流外，也没什么太多能做的了。紧张、焦急是另外一回事，单轮工作量，确实是小了。

沈懿行总算有时间去约会了。

正式交往之后，符晓和沈懿行保留了之前"每逢事业上有重大进展，两个人便约会一天"的很奇特的习惯，似乎在两个人的心里，"奖励"是一件很重要的事，是事情会变得更好的一种吉祥的征兆。之前因为沈懿行忙，他们并没出去庆祝"嘉懿新一轮的融资成功"，等到一期临床正式开始，沈懿行终于抽出了一天陪符晓。

"懿行，"符晓有些期待，眼睛闪闪发光，"去哪儿？"

"去放风筝行吗?"沈懿行笑着道,"现在是三月初,很适合放风筝。"

"哇!"符晓惊道,"像咱们这年龄的人,约会都去泡吧、蹦迪什么的啊,你呢,全是画油画、登山、划船、放风筝……你画风咋这么奇怪?!"

沈懿行沉默了半响,说:"我不会蹦迪。"

"哈哈哈哈哈哈!"符晓无情地嘲笑道,"沈懿行啊沈懿行,你连蹦迪都不会?!你也有不会的东西!"沈懿行总是显得无所不能的,能耐得不得了……其实也不是嘛。

沈懿行问符晓:"你会蹦迪?"

符晓说:"……不会。"

他早就发现了,符晓很喜欢自打脸。

符晓真不会。在法国时,她的同学们有时带她去酒吧,她都只能在沙发上干坐着发呆。还有几次学校组织活动,大家一起在某间俱乐部里狂欢,符晓不好意思显得太不合群,于是也去舞池里面随着音乐疯狂扭动。她自觉自己已经扭得很疯狂了,可旁边的同学们还是会对她吼:"喂!跳啊!你怎么不跳舞?!跳啊!跳!"而后在符晓"我正在跳啊"的答案中惊讶地睁大他们的眼睛——各种颜色的眼睛。他们完全无法理解,那个样子随便晃上几下就算"跳舞"。

沈懿行问符晓:"去不去?"

符晓急忙回答:"去去去!"只要能和沈懿行在一起,无论在哪她都是开心的。何况,她也非常放心沈懿行"安排约会"的能力,因为每次他都能让她觉得挺感动的。

"好。"

"不过,"符晓又问,"到哪里去放呀?"

沈懿行反问:"奥林匹克公园?中华世纪坛?海淀公园也行。"

"中华世纪坛吧!"中华世纪坛近。

"那我过去接你。"

"嗯嗯！"符晓又在电话里问,"不过,要去哪里买风筝?"

"买什么?"沈懿行又是笑了笑,"自己做。"

符晓问:"自己做?"

"嗯,不难的。"

"怎么对你来说,什么都不难啊……"

沈懿行淡淡地道:"蹦迪难。"

符晓稍微想象了一下沈懿行蹦迪的样子,觉得虽然可能也挺性感的,但……果然不像他。符晓印象中的沈懿行永远都是一副很从容的样子。

大约上午十一点钟,沈懿行带着工具出现在了符晓的门外。

"进来进来。"符晓急忙将沈懿行拉进屋里。

"嗯,"沈懿行将手里的工具放在了桌上,说,"我觉得自己做风筝会比较有意思。"

符晓甜言蜜语地道:"怎样都好。"

沈懿行勾了一勾唇,看了符晓一眼,拿出了一张A3纸和一把木头尺,问符晓说:"就做个最简单的菱形风筝可以吗?"

"不可以。"符晓正色道,"我想要DNA双螺旋结构的风筝。"

"……"

"……就菱形吧。"

沈懿行低下头,用格尺量了一下那张A3纸上下两边的长度,用自带的铅笔在上下缘中点处各画了一笔,接着他又量了白纸左右两边,在两边大约三分之一处点下了两个对称的小点,最后,他握紧铅笔沿着尺子将A3纸上下左右四个黑点都连接起来了。

"嗯……"符晓在一边瞅。

沈懿行又拿出了裁纸刀,借用画好的四条线将A3纸裁成了一个菱形。

符晓问:"要不要画个图案?"

"嗯。"沈懿行竟然抖出了他的水粉颜料和调色盘,"好。"

符晓感慨地道:"你带得真全乎……"

"就画花吧?"

符晓说:"好,我喜欢花。"她确实喜欢花。从这个角度讲,她能拜擅长使用花香调的章唯一为师,其实是十分幸运的一件事情。

"没有画板,只能在桌子上画。"沈懿行说,"还是我从左边画,你从右边画。画花不难,方法和画油画是一样的,不需要太细致,只要有色块就好了。对了,不要刷太多层,否则风筝会因为太重而飞不起来了。"

符晓心虚地道:"我还是不大会……"

沈懿行叹了一口气:"那你跟着我学好了。"

说完,沈懿行便使用最大号的笔刷,将用水稀释后的很淡的绿在纸上刷了一层。然后他换了一支笔,蘸了一些厚实的紫,随手在纸的左下角由内向外刷了几笔,又将白色颜料兑在了紫色里,将它调成粉色,伸笔蘸了粉色,在方才的紫色上中心地带随意地画出去了几道,一朵花便真的跃然纸上。

符晓也照葫芦画瓢,画上了一朵粉的花。为了能在空中被人看见,两朵花的个头全都不小。

沈懿行又蘸了红和黄并混成橙色,画了一个有点扁的形状,之后还是挤白颜料进去,在橙花的上半部分随意挥毫,又在下半部分也横向地用波浪线刷了两三笔,一朵橙色牡丹也出现了。那波浪线,宛如牡丹花瓣边缘。

片刻之后,纸上便有了紫的、粉的、红的、橙的、黄的花朵,开在绿草地上,鲜艳却又朦胧。

符晓画的没有沈懿行多,不过也还是有几朵的。沈懿行又用深浅不一的绿打理了一下"草地",一座有着许多美丽鲜花的花园便这样成了。

画完之后符晓竟然觉得,这画还真的是挺漂亮的。

她嘻嘻笑着说:"喷点香水,喷点香水,让它更像花园。"说完,她便翻出了爱马仕的"尼罗河花园",隔着老远轻轻地按了按它的喷嘴,一层雾一样的水滴蒙上风筝，好像是有精灵在施展着魔法。空气中弥散着淡淡的花香味。它并非是人熟悉的花香，而是一种沁人心脾的青柠味道，让人仿佛置身夏天雨后的河边。

沈懿行又说："来做龙骨了。"

说完，他拿出两根很细的竹棍，一根比在风筝纵向中线，一根比在另一条对角线，量好了距离后剪掉多余部分，又用一根绿绳绑紧了两根竹签，将它粘在了风筝上，还不忘将竹签也上了些颜色。

最后两根线绳一系，挂穗一挂，简单的风筝便就此完工。

沈懿行说："走吧。"

"嗯！"

中华世纪坛离符晓家不太远，是一座日晷形的纪念性建筑，当时为了迎接新的世纪，修建的动静挺大的，不过随着新建筑的修建，它的存在感逐渐变弱了，平时没有多少人去。

广场很大，还蛮适合放风筝的。

而且符晓发现，并不是只有他们来这放风筝。地上有人在跑，天空有三三两两的风筝在飞。而在这些风筝里边，有些很"可怕"的"高科技风筝"。风筝上似乎有马达，在空中像飞机一样，上下左右呜呜地飞，做着各种高难动作，秒杀一切手动风筝，黑黢黢的霸气十足。

"懿行……"符晓说，"你背着我跑？"

沈懿行说："别开玩笑。"

"哦……"

沈懿行将线放出来一截，对符晓说："等下我将风筝往上抛，你就跑吧。"

"好嘞！"她想起了《阿甘正传》里的那句经典台词"Run（跑），符晓，run！"

在看见沈懿行将风筝抛到空中时，符晓便拔足狂奔了。

她逆着风，跑了一阵，风将风筝撩上天空。符晓放了放手里长长的线绳，一手紧捏着风筝轮，一手不住地扯风筝。她兴奋地对还在远处的沈懿行喊：ᅠ"你快过来呀！"

沈懿行便跑了几步，动作还是那么帅气。

沈懿行站在了符晓身后，将符晓抱在了怀里，双手把着符晓的两只手，双唇贴着对方耳朵：ᅠ"放线。"

"哦……"

在早春三月的阳光里，在宽广大气的广场中，符晓懒洋洋地背靠着沈懿行，她嫌站直太累，便往后面一仰。沈懿行则是笔直地站着，稳稳地让符晓靠着他的胸膛，一手握着符晓捏着风筝轮的左手，一手握着符晓扯着风筝线的右手，正好将人搂在怀里，并时不时亲吻一下。两个人全都微微眯着眼，抬头看着同样一个地方。此时风力较弱，要频频地扯抖，用一紧一松来让风筝保持不下坠。

符晓转了转手里的风筝轮，将线又放出去一部分，同时扯抖那个风筝，两只爪子都被沈懿行轻握着，从手背到手指都酥酥麻麻的，好像有小电流噼啪地电着她。三月初的北京还有一点凉意，但被沈懿行从身后抱在怀里，感受着对方的存在，符晓感到很温暖。

沈懿行在符晓耳朵上边轻轻吻了一下：ᅠ"再放。"

"哦……"

又吻一下：ᅠ"不够。"

"哦……"

符晓专心地放着线，沈懿行却没管风筝。他见符晓没有在意，便开始用指尖勾勒起符晓手指的形状，他一根接一根手指缓缓划过，将对方每寸皮肤都轻抚了个遍。而后，他又用拇指摩挲符晓的手背。

半晌之后，符晓才发觉沈懿行干什么。

她的脸有些红:"懿行……"同时侧过头看沈懿行。

沈懿行在距离符晓极近的距离垂眸看着符晓,而后突然探身,在符晓的嘴唇上轻轻吻了一下。

大庭广众之下被亲,符晓有点不好意思,急忙把头正了回去,装作在专心放风筝。

蔚蓝的天空,他们两人做的风筝正在飞翔。从这个距离看,那些花朵果然更像是花朵了。花朵开在半空,好像是上帝精心打造的花园,那蓝天和白云,仿佛还更适合鲜艳花朵。

"懿行,"符晓说,"你看别人的风筝,全是蝴蝶、蜻蜓、燕子、老鹰……只有我们把花放在天上。"

沈懿行说:"那是别人。"

"……"

"蝴蝶、蜻蜓、燕子、老鹰,在天上有什么稀奇?"

"……嗯。"

符晓又定定地看着她的花。

花朵在半空中左右摇晃,就像是在随风摇曳一样。

在寂静无人的地方也弄座花园吗?

突然一阵大风吹来,沈懿行轻轻对符晓说道:"放线,一次多放一些,借这阵风……让它再往天上飞点。"

符晓突然觉得,沈懿行爱风筝,其实是有些道理的。沈懿行从来不愿意被局限在某个狭小的空间内,他总是在期待着去往更自由、更高远的地方。

不远处的地方,是中华世纪坛日晷形的建筑。世纪坛的青铜甬道直攀而上,塔尖指向云霄。符晓觉得自己的心情也随着风筝飘到了半空,仿佛正在从蔚蓝天空的云层下俯瞰着尘寰。

沈懿行见仰着头的符晓头发有些散乱,便帮她整理了下。他将符晓的头发拿在手里,将每一绺都捋顺了,让它自然地垂下来。不过符晓脑袋动过来动过去,没几分钟头发便又变得散乱起来。沈懿行又用手重新梳了一下,捋成一把轻轻搭在符晓右肩,符晓白皙的颈子便露了出来。

也许是因为做实验总要绑着头发,符晓平时在生活当中便很少扎起来。沈懿行每次见符晓,她都是披着头发的,沈懿行并没怎么见过她纤细的颈子。

此时,符晓仰着脑袋,脖子伸得很长,侧面颈子展现出了美好的曲线,在初春的阳光之下,皮肤好像都闪着光。沈懿行垂眸看了看,见符晓没注意,竟然悄悄靠了过去,双唇离颈子只有三厘米,轻轻地嗅了嗅怀里人的体香。

符晓却是全然不觉。

几秒钟后,沈懿行将唇移开了。

符晓已经很会操纵那风筝了。沈懿行便移开了手,移到符晓的眉骨上,替符晓遮着刺入她眼中的太阳。方才天上云朵很多,阳光不大刺眼,这会儿却是不同了。

"嗯……往上点,看不见了。"

沈懿行便听话地上移了些。

符晓问:"你呢?不遮吗?"

沈懿行说:"不用。"

"为什么?"

"不看了。"

符晓问:"那你看啥?"

沈懿行笑:"你说呢?"说这话的同时,沈懿行的目光始终落在符晓身上。

"呃,看我吗……"符晓有些不好意思,难得地扭捏了下,"你都看了好几年了……竟然还没看腻？"她和沈懿行，认识了七年，相爱了三年，时间不短了。

"晓晓。"

"嗯？"

"你之前说，我总显得什么都会。其实，水粉画，钢琴，我都不大行的。"

"可我觉得已经特别好了……"符晓不明白沈懿行为何突然提这个。

"如果我想练，能练得更好。"

"你是在鄙视我……？"符晓在心中吼：干吗突然吹起牛来！

"不是。"沈懿行笑了笑，"我意思是，我不是个可以喜欢很多东西的人。因为不觉得多喜欢，所以也没练得很好。"

符晓知道，有些人热情无限、精力无穷，喜欢尝试很多东西。

沈懿行说："我的感情只会集中在一两样事情上面。"

"……"

"确切地说，就是两样——治病救人……还有符晓。"

符晓的心被猛击了一下。

"所以，永远都不可能腻的。"

"……"符晓想了想，说，"懿行，以前我听人说，风筝就是信差，可以把人的思想传达给天上的神明听。"

"嗯。"

"所以，我们两人一起画成的花，意思大概就是……但愿恩爱一生。"

"……"

符晓又看了看他们俩的风筝，心里也默默念了句"恩爱一生"。

"晓晓，"沈懿行说："回头。"

符晓刚一回头，便被人吻了下。那个吻很温柔，就像初春暖阳。

大约十五分钟之后，符晓趁着风弱开始收风筝线，想把风筝收回来了。沈懿行没有让风筝直接坠地，而是看准时机一伸手抄住了。

"想留着吗？"沈懿行问。

"想的想的，给我留着！"

符晓刚刚说完，便感觉裤兜里的手机震了一下。

她将手机拿了出来。

在微信里，章唯一给她发了条消息："有个新的项目，你可能感兴趣。"

而后又是一条："客户还是华羽，招标的是'国风'和'浪淘沙'后续产品。"

于是，第二天一大早，符晓一到佩兰便跑到章唯一实验室的桌前："华羽又在招标？"

"嗯。"章唯一说，"'国风'和'浪淘沙'大获成功，华羽公司香水部门从来没这么风光过，所以凯西希望能趁热打铁，早点推出剩下几款，用这一系列来冲销售额。"

"哦哦！"

"凯西是个野心很大的女人。现在很少有本土公司敢尝试高端香水，偶尔推出一款，也是胆战心惊，但凯西一开始就想推系列。当然，她也很有眼光，选择了深入发掘中国风元素，避开了与国际大牌直接竞争。"外国人运用的中国元素总是显得不伦不类，果然还是只有本国人才最了解历史和文化。

"嗯。"

"凯西应该是希望能借诗词系列顺利当上副总。"

"副总？"

"嗯，听说华羽明年可能提她当副总，所以她想冲销售额吧，不然没必要这么急，同一系列的也未必要赶在一起出。"爱马仕花园系列四款香，就分别是2003年、2005年、2008年、2011年出的，不过那四款出自同一调香师，

— 158 —

情况倒也不太一样。

"老师……"符晓瞪大眼睛,"您还是那么八卦啊……"

"没礼貌。"章唯一又淡淡地说,"我没八,都是别人来找我聊。"

"……"

"也不知道是为什么,很多人在有了小道消息之后,都喜欢找我发泄分享的欲望,似乎都觉得我嘴很严。"

符晓上下打量了一下章唯一。章唯一的确是长着一副不食人间烟火的好皮囊……好像对凡尘俗事完全没兴趣,终日只沉浸在某座充满了香水的艺术殿堂当中。

符晓长叹一声,十分沉痛地道:"他们并不知道,您才是最八卦的……"他们信错了人,想想就好可怜。

章唯一又喝了一口红茶:"胡说,我本来就不会在外面讲。"

"好吧,切入正题——这回是招什么?"

"还是宋词词牌,不过换婉约风。"章唯一打开了电脑屏幕上边的一份PPT,"我想符晓你应该会对这个项目感兴趣。"

"让我瞧瞧,这字好小……"符晓弯腰凑上去看。

只见PPT的第一页上,写着几行招标简介,最上一行便是这次招标的产品名称:"鹊桥仙"。

"嗯……"符晓问道,"鹊桥仙?"

"对,是爱情主题的。听说本来定的是'相见欢',但是,'相见欢'有些悲,强调短暂欢愉后的无奈,所以更换词牌,改成了'鹊桥仙'。华羽希望,不要体现传说当中'苦'的部分,而是重点阐述牛郎织女恋情当中'甜'的一面。牛郎织女是中国文化中爱情的象征,他们每年相会的七夕是中国情人节,各地都会庆祝,是比较快乐的,千万不要搞得凄凄惨惨。"

"明白啦。"

"你和你的男友曾经异地恋过,在那之前也几个月才见一次,我想应该比较适合这个项目，所以昨天下午给你发了微信。"

"谢谢老师，我想参加。"

章唯一又说道："时间上比较紧，因为凯西希望七夕能上市。一共就五个月，因此两个月内必须交样。"

"哦……您不参加么？"

"有点想试一下……"章唯一笑了笑，"不过还是算了。上次和凯西说了，我不会和我的学生抢饭碗，这次总不好再把话给吞回来。"

"您这谎撒的……还带更新的……比我追的文更新还要快……"她就追一篇文，半年一更新，惨。

"……"

符晓又道："牛郎织女……其实牛郎织女很奇怪的……牛郎看见织女洗澡竟不躲开，还偷衣服！"

章唯一问："你不能不用这个版本吗？"

符晓说："哦……"

"行了，"章唯一说，"你去想创意吧。"

"好嘞！"

符晓回到桌前，开始查找"鹊桥仙"的资料。

"鹊桥仙"，词牌名，又名《鹊桥仙令》《金风玉露相逢曲》等，专咏七夕，始见欧阳修词中"鹊迎桥路接天津"。

至于牛郎织女……哇……这故事好复杂……

牛郎织女最早可以追溯到春秋战国那会儿，不过只有两个名字，到了秦代，牛郎织女被配了对，汉朝才有了"相隔银河，以鹊为桥"的形象——"七月七日"很可能是因为武帝生于七月初七，天下视为吉日，不过那时牛郎织女都是在天上的神仙，没有"下凡"一说。到南北朝，才有了最早的故事版本，但各种版本都十分奇葩，猫瞪狗呆。再往后走，"织女"才与"鸟"结合在了一起，变成所谓"天鹅处女型"故事的一个分支，情节也变得世俗化起来——至于具体是什么时候，一般推测是在宋朝以后。所谓"天鹅处女"，便指"衣毛为飞鸟，脱毛为女人"，这种故事在全世界都有分布。后来，牛郎、织女形象似乎受到了董永和他妻子的影响，不断改变，不过一直到了明代，织女还都在找到羽毛之后飞回天上了。牛郎织女故事在清朝时，才有了"偷衣服"情节，织女像是一个奖赏，家庭伦理的意味十分重。到了民国，在梅兰芳的戏剧中，牛郎织女又变成了天界夫妇。总之，在古代呢，爱牛郎的织女都没有被偷过衣服，被偷过衣服的织女完全不爱牛郎，只是出于伦理才没跑掉，既被偷衣服又爱上牛郎的斯德哥尔摩织女……不知道咋来的。

选哪一本版本，是非常清楚的——彼此深爱的那个嘛。

《鹊桥仙》这词牌的词，最有名的就是秦观的《鹊桥仙·纤云弄巧》，幸好它本身就不悲，还有经典句子"金风玉露一相逢，便胜却人间无数"以及"两情若是久长时，又岂在朝朝暮暮"。

符晓在纸上唰唰地写着：

"前调：银河。"

"嗯……"她停下笔，思索了一下，又写：

"中调：金风、玉露……相逢。"既然是二人相会的主题，两种气味的碰撞最好了。

写完之后她看了看："天啊……"

这些鬼东西都怎么表现啊？！

她呆呆地坐在实验室椅子上想了一个白天，还是没有头绪，反而把脑袋想得一个有八个大。

银河……银河……

符晓捞起手机，给沈懿行发了一条消息："晚上有时间吗？陪我一起去看星星好不？"

沈懿行问:"想看星星?"

"嗯。"

"我晚上去接你。"

"等你。"符晓知道,对于她的期望,沈懿行一向都不会拒绝的。

晚上七点,沈懿行准时出现了。他带符晓随便吃了个饭,然后便开车向郊外。

"去哪儿呀?"符晓盘腿坐在副驾上问。

沈懿行说:"灵山。"

"灵山?!"符晓耳朵一动,"灵山我还没去过呢!"

"我也没有。"

两个人去了东灵山。

灵山距离北京有一百多公里,海拔两千多米,是北京周边海拔最高的山峰。平时,灵山山峰都在云层之上,从下边看不见,到了山顶方能感到脚踏云海。

因为目的只是观星,两人开车到了江水河村,并且乘坐观星索道直接到达了观星地——徒步要走几个小时,他们自然不会自己爬山。

沈懿行竟然还向他同事借了个望远镜。符晓拎了一下,特沉,便不管了。

灵山山顶,视野格外开阔。

天似穹庐,笼罩在两个人头顶,明月高悬,繁星密布,一颗一颗挂在天上。因为没有城中污染,空气十分清透,星月显得明亮、清晰,将黑夜都推得远了,就像在天文馆的展览中,似乎离人很近,伸手即可碰触,还能摘下几颗似的。

银河横亘天空，好像河水中细碎的银色流沙，一直绵延到了看不见的地方。极目远眺的话，远方地平线上，有一大片笼着橙黄色的灯光，那就是他们白天在的北京了。不知道为什么，符晓突然想起了一句诗："背负青天朝下看，都是人间城郭。"

沈懿行架好了望远镜："怎么突然想看星星？"

符晓说："因为牛郎织女呀。"

"……"

符晓解释了下："我参与了一个项目，名字叫'鹊桥仙'。"

沈懿行点点头："怪不得来这里。"

"嗯？"

沈懿行语气酸溜溜地道："我就觉得你不会变浪漫。"

符晓突然间意识到，她的确是不浪漫的……她……只会破坏掉浪漫……于是，硬生生地转移了话题道："'鹊桥仙'，俗不俗？"

沈懿行摇摇头："不俗。"

"咦，为什么？"

"两人隔着天河，互相想念，日夜期盼着每年一天的相会，而因为是神仙，七夕没有尽头。我觉得很美——为什么说'俗'？"

"嗯……"符晓问沈懿行，"哪个是牛郎？"

"……等我查查。"

沈懿行说完掏出了手机，发现……根本没有手机信号，他只得默默揣回了手机，头一次觉得"功课"没做好。

"哈哈，"符晓笑道，"我查过了，让我找'大三角'。"

沈懿行将望远镜让给了符晓。

"奇怪，"符晓说，"图片上看着很明显，实物就不是那么回事了……到底在哪儿？"

第十章 但愿恩爱一生

吻香

足足五分钟后，符晓才不是很确定地道："似乎是那两颗……"

"嗯？"

符晓指着几颗星星："瞧见没有？银河两边，还有中间有三颗很亮的星星，它们组成了一个近直角的三角形……牛郎织女很亮，大概是给对方看呢。"

"……没找到。"

"哎呀，就是那个。"

半晌之后，沈懿行终于明白符晓说的是哪两颗了，他点点头："果然很亮。"古代的人其实还蛮有情怀的，牛郎织女，无法相遇，却硬是为它们安排了个"七夕"。想着想着，他握住了身边的符晓的手。

符晓用力地嗅空气："噫……嗯……"

沈懿行笑着问："在找'银河'味道？"

"对的。"符晓有些失望地道，"然而虽然看着很近，实际却是无比遥远，闻到的味道还是人间的。"

沈懿行沉默了一会儿，突然间说道："树莓味儿。"

"咦？！"

"银河……是树莓味儿的。"

"你怎么知道的？"

"是……甲酸乙酯的味道。"

"咦？！甲酸乙酯？！"为啥突然从神话的世界来到了科学的世界？

沈懿行有点艰难地说道："以前我导师聊天时说过，德国科学家曾经发现过……银河的中心，是树莓味儿。"

"……"

"当时德国科学家们分析了位于银河系中央的巨大尘埃云人马座 B2 发出的上千种信号……人马座 B2 距离银河中心只要 391 光年，包裹着一颗新产生的恒星，来自恒星的辐射被人马座 B2 尘埃气体云团中漂浮的分子吸收，其中甲酸乙酯便被捕捉到了……而且据推测，它在太空中存在最多。"

符晓愣愣地问："树莓味儿？"

沈懿行："……调香的事，我不懂。"

"不不不！"符晓兴奋地说，"特别好！"

"嗯？"

"'树莓'特别好！我一直在想，前调应该是酸酸甜甜的，可是想不出用什么香料。"符晓说，"树莓好！酸酸的，甜甜的，就像恋情一样，还红乎乎的呢！而且，树莓结果时间正是农历七月！最最关键的是，它很配糖果的！"

"糖果？"

"对！饭店里不是经常把树莓蘸巧克力给人当甜点吗？因为从嗅觉、味觉上来说，树莓真的与糖果特别配！这样，我后调里可以加巧克力等等糖……"

"嗯，好。"沈懿行也笑了，"时间也不早了，明天还要上班——还有什么味道要闻？"

"嗯，有……"

"什么？"

符晓搂住了沈懿行的腰，将鼻尖埋在对方衣领处："你的……味道……"

"我的？"

"对，"沈懿行的体温从敞开一颗扣子的衣领处传出来，她继续说"你……的味道……"

"……"

"'鹊桥仙'中调是……金风还有玉露。金风玉露可以代表鹊桥相会。其中那个'金风'，我觉得好像你。"

"'金风'不是秋风？"

"是秋风呀。总之，就是像你……金黄色的，特别耀眼，有一点点凉，有一点点冷,可以让人变得成熟,我觉得,好喜欢……"如果让她自己来配,不一定能有这感觉。

"……"

"我闻一下……嗯……有点红浆果味……"符晓一样一样地往外说——这些凑一起……就是沈懿行……身上的味道,只不过很淡,还有一点据说是"处男荷尔蒙香"的薄荷味,嗯……也可能是洗发水的薄荷味儿……

那种味道,十分性感。

沈懿行没有动,就那么让她闻。半晌之后,才问:"那么,'玉露',就是你的气息?"

"嘿嘿,我理想中的我。"

"好吧,代表情侣的'鹊桥仙',我期待着你和我的味道。"

"好咯!"

符晓刚抬起头,便又被吻住了。在距离银河很近的地方,在漫天明亮的星星之下,两个人再一次亲吻彼此。

"看星星"的第二天一大早,符晓便开始调制香水了。

前调的主要基调是树莓。另外,符晓又加了些代表银河的牛奶奶香,还有调味的香柠檬、玫瑰以及粉红胡椒……

至于中调,则是红浆果、藏红花、莲叶、薄荷、秋露、水、芍药、牡丹、水仙花、铃兰、依兰……

后调,用的是不凋花,不凋花代表的就是永恒,除此之外,符晓还搭配了零陵香豆、巧克力、棉花糖……

在调制过程中,符晓一直在想自己和沈懿行的恋情,尤其是他们俩不能随意相见的几年,总有很多感怀。

"鹊桥仙"……好像是为她量身打造。

于是,在这款香水中,一开始进入鼻端的,是酸甜的树莓味道,隐约带着牛奶的香。接着，沾着秋露的芍药和牡丹便出现了，再过一会儿，便与一股被薄荷托着的十分清凉的却又有点凛冽的味道对撞在了一起。两种气息融合、缠绕，相濡以沫，这种感觉比之前任何一刻都要来得纯真，好像一个心里有远方的少年遇到了一个简单干净的姑娘，让人想起最初恋爱那个时候，整颗心都可以平静下来，人似乎也随着飞越了很多的地方。不过，这种碰撞非常短暂，那温柔的旖旎消失得甚是仓促，宛如12点之后便消失了的灰姑娘一般，在人的心底留下了一丝怅然。不过很快，后调当中各种"甜"便不遗余力地显露了出来，带着不凋花的气息，这种"甜"的留香十分持久，甚至可以持续整整一天。

在招标会上，符晓得分又是最高。

不过，令她十分诧异的是，尤思卿明明参与了竞标，人却没到。不，更准确地说，她到场交了样，然后便离开了。

开标之时，符晓将屋里所有人都瞧过十八遍，很肯定尤思卿根本没留下听结果。

怪了……

那家伙怎么了……不打算赢我吗？

就连走出华羽大厦之后，符晓依然在纳闷"尤思卿哪去了"的问题。

她想着想着……冷不防抬头一看："啊啊……"

尤思卿，竟然在，地铁站外的花坛上，坐着，抽烟！

想曹操，曹操到！

尤思卿穿了条黑色长裙，裙摆拖在地上，她却并不在意，眼睛在袅袅的烟后面微眯着，手指细长白皙，戴着几个金属戒指，涂着红色的指甲油，指尖火星忽明忽暗。

符晓小心翼翼地走上前去："尤思卿……"

尤思卿抬起头看了符晓一眼:"是你。"

"嗯……你还记得我?"

"当然。"尤思卿说,"上次'浪淘沙'我想了很久,没想却被你拿走了项目——能说说创意吗?"

"我用了鱼饲料……"符晓简单讲了一下"鱼饲料"的创意。

"鱼饲料?有意思。"尤思卿笑了下。那个笑容极美,符晓都看呆了。

尤思卿又问她:"拿到'鹊桥仙'了?"

符晓点点头:"对……"

"恭喜。"尤思卿颇自嘲似的笑了一笑。

符晓大着胆子问她:"你……你怎么不去华羽啊?"

"去干什么?"尤思卿说,"我讨厌人多的地方。"

"可是……是开标呀。"

"中的又不可能是我,我去听那个干什么。"

"为什么呀?你这么强。"

尤思卿说:"因为我并不知道什么叫作'甜美的恋情'。"

"……"

"我也完全无法想象'甜美的恋情',连妄想都已经没了,不可能中标。"

符晓突然间想起来,章唯一曾和她八过——尤思卿喜欢她老师,但她老师拒绝了她。章唯一说,那个人的嗅觉是神级的,但是他的眼睛却看不见,应该是因为这原因,他不想拖累尤思卿。

原来,还喜欢吗?

都过这么久了——

想想也是,连她自己,暗恋沈懿行好几年,直到毕业之后很久也没有真正放下过。尤思卿这种人,对自己那么狠的一个人,更不可能放下。

符晓想了想,坐在尤思卿的身边,看着她的脸,问:"是因为你老师吗?"

尤思卿挑挑眉:"怎么你也知道?"

"你……"符晓真心地想帮尤思卿,"你是不是太冷艳啦……撩一撩会不会好点……"

"怎么撩?"

怎么撩……符晓想:这我也不会啊!

对了,虽然我不大会,但我这里有会撩的。

符晓赶紧掏出手机,给沈懿行发了微信:"快快快快,急,在线等。如何勾引男人?让他把持不住!"

沈懿行:"干什么?"

"勾引男人啊,刚不告诉你了吗?"符晓噼里啪啦地打,"对方是个盲人,但鼻子很灵敏。"

沈懿行:"???"

"教我几招!"

沈懿行还是问:"勾引完干什么?"

这个符晓也不大确定了:"推……推倒?"

沈懿行说:"你推他还不如推我。"

符晓脸全红了。

她脸红得像只虾子:"不是我去勾引……是冷艳型姐姐……"

沈懿行问:"到底怎么回事?没头没尾。"

符晓十分认真地解释了一下:"我想帮尤思卿……撩撩她的老师。"

沈懿行:"……"

符晓:"怎、怎么了……她老师明明对她有感觉,但却因为目盲不敢承认感情,她很痛苦。"打完字后,符晓不大确定地问尤思卿道:"你的老师……在心里应该也是喜欢你的吧?"

尤思卿沉默了几秒,将一口烟吐到半空:"我想,是吧。"

"你别总抽烟啦……对嗅觉不好的。"

尤思卿淡淡地笑了一笑，可笑意却没有到达眼底："不知道什么时候开始的……抽烟时好像能舒坦一点。"

"……"符晓又对着沈懿行噼里啪啦地打字道，"这是你的专业……"

沈懿行说："我专业是化学，不是撩人。"沈懿行很头痛。

"可是你很懂的样子……"

"那是对你。"他在面对其他异性时一向是冷冰冰的。在公司里也曾经有下属对他投怀送抱，不过他对女性下属或者合作伙伴从来公事公办、没有私交。只有他女朋友一人能让他散发荷尔蒙。

"懿行，求求你啦……撒娇蹭腿，使劲儿蹭！撒泼打滚，疯狂地滚！不答应就不起！"她很少会求沈懿行，此时却是豁出去了。

沈懿行沉默了几秒，终于又发了消息说："很简单啊——欺负他瞎。"

"怎么欺负？！"符晓十分激动，"你稍微等一下，我们音频！"

说完，她就扯着尤思卿说："走走，找个安静地方……我找了个撩人大师，让他教你怎么撩人。"

尤思卿有点怀疑地问道："你怎么知道他是个大师？"

符晓脸红红的："因为……是我男友……"

尤思卿笑了，似乎觉得符晓有一些幼稚："因为你爱他，所以他的招数才会有用吧。"

"你……你听听嘛，也无妨呀……"符晓其实很喜欢尤思卿，她真心希望对方能幸福。她自己已经体会过奇迹般的暗恋成真，在她心里那是世界上最美好的事情之一。她真的很感谢上天，没让她错过这奇迹。低头想了一下，符晓对对方说："我自己暗恋了三年……而在一起，三年多了。"

地铁站的旁边有家大型商场，此时是工作日，人不算特别多，不过商场播放的音乐依然还是有些吵闹。符晓将尤思卿拉进了厕所里，厚实的墙总算将"噪声"隔开了。

尤思卿看了看厕所。

符晓却是不以为意，她向沈懿行发送了音频请求，拨号音刚响了两声，沈懿行性感的嗓音便传过来："晓晓。"

"嗯嗯，"符晓介绍了下，"思卿，这是我的男友，沈懿行。懿行，这是我的……朋友，尤思卿。"符晓私自将尤思卿从"对手"升级到"朋友"，或者，是"对手加朋友"。

沈懿行好像还是有一些别扭，打了个招呼后，便说："我和你单独说，我刚才不知道她就在你旁边。"

"好。"虽然这样效果不如让尤思卿直接听，可让自己男友……直接"指导"别的女孩子撩男人，好像是有些怪。她对沈懿行太放心，以至于大脑短路了。于是，符晓关了免提，走到角落里去听了。

沈懿行其实并没讲几句，不过符晓还是叹为观止。之后，她将"课程"复述给尤思卿，让她自己好好体会一下精神。

两个人还交换了各自的微信，尤思卿说会将结果告诉符晓。

与尤思卿告别之后，符晓又对沈懿行说："懿行懿行，你可真是太牛了。"

沈懿行："……"

符晓由衷地赞叹道："你怎么能在几秒钟之内想到那么多撩人方法的？"

沈懿行说："不是'几秒之内'。"

"……啊？"

"以前我想，符晓定有很多勾引我的方法，因为她是个调香师。我不自觉地在脑袋里想象，她会用什么手段让我心猿意马。"沈懿行顿了顿，而后幽怨地道，"可你竟什么都不会。"

害得他空欢喜一场。

她这个调香师女友，好像当得很不合格。

所以，这都是沈懿行脑补的，自己勾引他的方法？老天。

沈懿行最后道:"当然,刚教你的,都是'改良'后的,针对盲人用的。"

见到符晓的第二天一早,尤思卿走进了"长馨"的办公区。"长馨"也是世界十大香精香料公司之一,每年的销售额甚至排在"佩兰"公司之前。

一走进那男人的实验室,尤思卿便看见了她最最熟悉的颀长的身材。
邹珩。
珩,佩上玉也。大夫佩水苍玉。邹珩也真的是像水苍玉一样,永远温文尔雅,善良、宽和,虽然有时有点过度善良、宽和。
邹珩的眼睛是先天就看不见。全无光感,没有任何视觉影像。他的眼睛并不像一般人想象中的一看就很特殊,反而与普通人没有什么区别,第一次见到邹珩的人绝对不会察觉到他看不见,因为那双瞳孔水潭一般清亮。
邹珩刚一出生便被亲生父母丢弃在了寺庙门口,他是被福利院的老师们一天一天地抚养长大的。他在南京一所特殊学校读完高中之后,有人要带他去学按摩,邹珩却拒绝了。后来,因为鼻子很灵,邹珩跟随一位寺庙师父认识的开小香水店的老人学习调香,几年后又来到"长馨"。
邹珩调的香水,永远是温柔的,就像他的性格。虽然,因为过往经历,他的温柔当中,有时会有一丝怯懦。
尤思卿从小便家庭不睦——父亲出轨并且认为理所当然,母亲每天在她父亲身后哀求,这让她生出孤独高傲的性子。她会被她的老师所吸引,仔细想想其实也在情理当中。
尤思卿决定,再尝试一次。
毕竟,这是她唯一的一次……对爱情有幻想。

又是几日之后,长馨庭院中的玉兰花全部都开了。
玉兰花,是邹珩最为喜爱的花。他并不知道玉兰是什么样的,尤思卿曾给他说过，玉兰开时，花瓣展向四方天空，洁白耀眼，可他也想象不出来，"白"是什么颜色，也不知道"展向四方"是怎样的姿态。他只能嗅得到玉兰花浓郁的香气，那个香气有一种高雅纯洁的感觉。

　　长馨有一个小小的庭院，庭院中栽着几棵玉兰树。玉兰每年五月开放，花期只有十天，每年邹珩都会到玉兰树前，静静嗅嗅郁香。

　　今年，也依然是这样。

　　邹珩拿着他精致的手杖，一步一步慢慢走进庭院。在平日生活中，他不觉得眼盲有何不便，因为这些道路他早已经走过无数遍了。

　　非常熟悉的玉兰花的气息飘散在他的周围。

　　邹珩向着香气最盛处走过去。

　　他记得，那边是那颗最大的玉兰树，一到花期，满树玉兰，他可以摸得到那些极柔软的花瓣。

　　香气沁人心脾，仿佛可以抚平一切世间烦恼，令人无酒自醉。

　　突然，邹珩闻到某一朵花有特殊的芬芳。它的味道十分突出，从阵阵玉兰花的气息中飘散出来，无孔不入，令人根本无法忽视。

　　邹珩缓缓地走过去。

　　他站住了。他走到了那朵花的前边，那朵花就在他的鼻子下——他闻得到花的来源，甚至都不需要伸手去找。

　　邹珩微微地低下头，气味果然便飘进了他鼻端——果然是最美妙的玉兰气息。

　　邹珩又忍不住用力地嗅了嗅。

　　等等……怎么好像……

　　这时，一个声音传进他的耳朵："……邹珩。"

　　声音如此之近，邹珩当即吓得跌退几步，手杖甚至在土地上划出了细细的一道痕迹。

吻香

第十章　但愿恩爱一生

尤思卿又说道："老师。"

"思……思卿？！"邹珩十分诧异而又窘迫地道，"尤思卿，你怎么在这里？"

尤思卿说："玉兰开了，我过来看看。"今天，他们两人在公司还没有遇到彼此。

"你……你……"邹珩有些难以理解地道，"我以为刚才是一株白色玉兰……"

"……是我。"尤思卿说，"我今天在后颈上擦了一点点玉兰花的精油……是自己萃取的，我将新采摘的玉兰悬于滚水上方，让蒸气将精油从玉兰花中带出来，还加了薰衣草……因为你喜欢玉兰花，所以我调了瓶玉兰香水，没有加任何化学品，因为，觉得这样……可以离你更近。"

"那……方才……"

尤思卿说："方才我在看玉兰花，没注意到你的出现，直到你过来嗅……我的后颈。"

邹珩又是急忙向后退了两步："对不起，对不起……"怪不得不对劲……因为那玉兰香气中还有体香。

尤思卿说："没事。"

邹珩："……"

尤思卿又问道："我调得怎么样？"

方才那种味道再次闯进邹珩大脑。他对香气记忆能力极强，闻过一次终生不会忘记，此时他再一次闻到香精，还有其中的……体香。

"我……"邹珩试图将记忆赶出去，可是味道却是根深蒂固，"我……我先回实验室，你慢慢赏花吧。"

"嗯。"尤思卿又说道，"老师，中午一起吃个饭吧？"

邹珩点了点头，急匆匆地走了。

中午，再见到尤思卿，邹珩还是十分不安。

早上那用力地一嗅，是他三十七年的生命中，与女性最亲密的一次接触了。整个上午他都在恼，气自己怎么那么不小心，竟对学生做出了"性骚扰"的事。

因为那个"闻香"插曲，连午餐都有点尴尬，邹珩极力保持优雅，内心却惊涛骇浪。

大约吃了一半，邹珩拿起旁边杯子，叼住杯子上的吸管，喝了一口饮料。

才刚喝了一口，邹珩便将吸管吐出嘴唇，因为他察觉了……吸管上边有口红的味道。

"邹珩……"尤思卿的声音似乎颇为困惑，"那是我的饮料。"

"抱歉……"今天的第二次道歉。思绪有一点乱，竟然会拿错了饮料，邹珩有些尴尬，半晌沉默。

"没关系。"尤思卿说，"您的饮料在下边。"其实是她将邹珩的饮料小小地挪了个地方，将自己的饮料放在了邹珩饮料原先的位置上，所谓"欺负他瞎"。

邹珩说："嗯……抱歉。"他完全不知道，尤思卿从早上到现在，一直都在"欺负他瞎"。他了解尤思卿，知道尤思卿是很冷艳的性格。

几秒钟后，邹珩便听见了……尤思卿在……喝饮料的声音。因为饮料已经到底，她吸吸管的声音很响，似乎为了喝干净水，正在……非常用力地吸那根吸管——他已经咬过了的吸管。

邹珩没有问尤思卿，为什么不换根吸管或者干脆换杯饮料，因为他觉得不该问。

"老师。"尤思卿的声音突然又响起来，"您脸上有饭粒。"

邹珩定了定神，问对面尤思卿："哪里？"

"嘴边。"

邹珩擦了一擦。

尤思卿道:"还在。"

邹珩又擦了一擦。

尤思卿又道:"还在。"

"……"

尤思卿叹了一口气,站起身子,伸出手指,轻轻拂过邹珩唇边。

她隔着桌子俯下身体时,邹珩又嗅到了玉兰香气。邹珩能感觉到,尤思卿的食指、中指轻轻托着他的下巴,而后拇指一抹,从他紧闭着的唇角一路划了开去。轻柔的感觉一闪即逝,只有唇边酥痒的感觉。

因为天生目盲,邹珩除了没有视力,其他感官非常敏锐。尤思卿那一抹,将各种触觉残留在他皮肤上,就和刚才舌尖的口红香一样。

这磨人的一天居然还没结束。

下午,邹珩忽然听见实验室中传来清脆铃响。

他问:"什么声音?"

"哦,"尤思卿淡淡地回答,"我挂了铃铛。"

"铃铛?"

"嗯。"尤思卿回答,"您好像十分在意早上的偶遇。"

"……"一瞬间,玉兰香气又来了。

"所以我中午买了个铃铛,将它挂在我的手腕上了。"

"……"

"这样,就不会再有两人相撞的事了。"

"……嗯。"

结果,事情远远不像邹珩想得那么简单。

尤思卿在房间里边走来走去,那"丁零零""丁零零"的清脆声音时不时地响起,不住地提醒他尤思卿在哪里,让他在脑袋里不自觉地思考对方在做什么。

"丁零零——"

这是在从架子上拿香精……

"丁零零——"

这是回到桌前思考配方……

以往，邹玠都能专心沉浸于自己的世界——反正他根本看不见别人，自然也不会被轻易影响。然而，尤思卿"丁零零""丁零零"的那些声音，却让他不自觉地将注意力全集中到对方的身上。其实，铃铛晃动的声音十分小，可在邹玠耳中听来，却像磅礴的交响乐。

他的耳边总有尤思卿手腕上小铃铛的声音，他的舌尖总有尤思卿嘴唇上口红的味道，他的鼻端总有尤思卿后颈上玉兰香的气息。

邹玠快被折磨疯了。

毕竟，他是爱着他的学生的。

为了将氛围勉强拉回来，邹玠与对方谈起了工作："新的那个项目……想得怎么样了？"

尤思卿的声音有冷酷的性感："还是没有想法，不知道怎么办。"

邹玠柔和地道："不必太着急了。"

"嗯。"尤思卿说，"我打算先尝试你曾教过我的，'翻词典找故事'法。"

"嗯？"邹玠笑了，"那是适合初学者的方法，你没必要用，你可以表达自己的思想。"

尤思卿却道："没有思想……试一试吧。"

"也好，随你。"'翻词典找故事'法，是邹玠自己"发明"的。翻词典找故事，顾名思义，就是捧着一本词典，随便打开一页，记下词语，再次打开一页，记下词语，最后将词语排一列，看能不能穿成一个故事，这个故事又能不能转成一款香水。在经典香水中，背后"有故事"的香水数不胜数，最经典的就是香奈儿5号了。讲故事的传统一直持续到了今天,虽然有时故事听着有点尴尬,反倒不如没有。

"嗯。"尤思卿说着,打开一本词典,说,"506页,第6个词……盲人摸象。盲人摸象,摸着了脚,即以为象的样子像柱子。比喻对事物只凭片面的认识就妄加猜测,以偏概全。"

邹珩听见"盲人"二字立即想到了他自己。

"93页,第4个词……这第一个词是……采兰赠芍。指男女之间为表爱情互赠礼品。"

邹珩:采兰……?不要想了。

"而后……789页,第6个词……同甘共苦。共同享受欢乐幸福,共同承担祸患苦难。"

邹珩:"……"

尤思卿说:"难道是说,有什么人,主观臆断拒绝爱情。后来敞开心扉,便收获了一切?"

"……"

"这个故事不好,我再翻一个吧。"

"别……"邹珩说,"别再翻了……"

"哦,好。"

整整一个下午,"丁零零"的声音就没断过,时不时从某处传过来的铃声让他心神不宁。而且,邹珩十分纳闷——他明明开了窗,香气却很浓郁,整间屋子都是尤思卿后颈上的那股玉兰香。另外,邹珩一直喝茶,效果却很有限,不知茶怎么了,他总觉得越喝,舌尖上的口红味道便越明显。

什么口红……

思卿……

最后,到了下班时间,邹珩简直就是落荒而逃。他脱下他的白大褂,急匆匆地摸到他的手杖，大步地往门口走去。奇怪的是，明明是那么熟悉的大门——每天晚上都要从那出去，邹珩竟然一下没有摸到门框，他的指尖触到冰冷的墙，愣了两秒，才移开手，探索着找到了实验室的大门，急匆匆地出门离开公司。

然而，反常的绝不是只有一天。

而是，从这一天开始，情况愈演愈烈，两人肢体接触极多，邹珩总是想躲，可却依然会遇见尤思卿，并且发生一些奇怪的事。

要说尤思卿是故意怎样，倒也没有证据，可二人的气氛……的确是一天比一天暧昧。

邹珩的眼睛看不见，但是，听觉、嗅觉、味觉、触觉……不间断地冲击着他，远比对正常人有用得多。

落荒而逃，成了常态。

邹珩总是觉得，好像有一个什么更大的"惊喜"在前方等着他，这种预感让他战战兢兢，每一天都如履薄冰，等待着未知的未来。

如果他对对方全无感觉，这件事十分好解决，可他很怕伤害对方，于是，在尤思卿装傻的情况下，邹珩无法做任何事，就连警告都不行。

事实上，他自己也意识到了，他是一个"瞎子"，有人……是他黑暗中的一束光，将他内心的世界照亮了，从此不再如之前般压抑。他天生就目盲，并不清楚"光"是什么样的，也想象不出来，只是听说能让人类安心，听说在阳光下，不会有随时可能忽然蹿出来的怨恨，人会感激，感激自己依然活在这美好的世界上。作为经历过很多不公平的人，邹珩也曾经暗中怨恨过，不过这几年来，每一天在长馨，他体会不到任何怨恨的情绪，相反，他感激他能够来到这里。

他一方面无法失去她这束光，另一方面，又不舍得将她彻底拖入黑暗，让她再也没有回到光明世界的可能，因为，对方毕竟还只有二十九岁而已。

而且，漂亮、美丽、才华横溢、前程似锦。

而他，只是一个，三十七的……瞎子罢了。

邹珩在被尤思卿"折磨"了两三个月之后，他担心的"达摩克利斯之剑"终于落下了。

一日，晚上八点，尤思卿突然给邹珩打了一个电话，十分简短地问："我现在能见见你吗？我有重要的事。"

邹珩一直在躲对方："不能明天在长馨讲？"

"不能。"尤思卿很干脆地拒绝了邹珩，"我只讲几句话……五分钟就够了。"

"也不能在电话里讲？"

"……"

"好吧。"邹珩犹豫了下，最后怕尤思卿是真有什么事，便还是应允了对方，"在我家楼下的咖啡厅可以吗？"因为眼睛不便，邹珩直接选了他附近的地址。这并非不礼貌，他相信尤思卿不会感到不悦。

"我直接上楼吧。"尤思卿说，"你不方便，还是不要出屋子了。"

"这……"

"老师，难道我会将你怎么样吗？"

"没。"邹珩一向善良、温柔，从来不愿伤害到谁，也不曾对周围的人表现出任何不信任，所以他对尤思卿说，"好，那么你直接上来吧。"

"嗯。"

邹珩没有想到，挂断电话仅仅五分钟，尤思卿便来敲门了——原来方才通电话时，尤思卿已经在他家的楼下了。

邹珩将尤思卿迎进了屋，温和地问："有什么事？一定要这么晚跑来解决。"他的屋子不大,但是十分整洁。作为一个盲人,邹珩每次使用完一样东西后都会立即将它放到原位,因此,他的房间显得井井有条。

尤思卿将一个很精致的瓶子递到邹珩手上:"送给你的。"

"这是……?"

"我调制的一瓶香水。"

"香水?最近有什么项目么?"邹珩双手打开瓶子,并将瓶口放在鼻端。然而,他只稍微嗅了一下,便猛地拧上了瓶盖,脸上都起了层红晕,竟然有点结巴,"你……你……"

香水十分好闻。

邹珩不能否认这点——香水味道十分好闻。

那味道就是他……这两三个月来,每天日思夜想的味道。

每个白天,他都在极力抗拒这种气息,而到晚上,又偷偷回忆这种气息。

很明显地,配方里有着木兰香。

但是,木兰香气当中明显透着那日他在对方后颈上嗅到的味道。尤思卿身上有一种奶香味道,而这一款香水前调中有杏仁、香草、椰子、檀香,同时,中后调中又有茉莉与琥珀搭配出来的另一种奶香,从头至尾巧妙地复制了她身上的气息——有一点点柔软、圆润,同时有种金属质感,甚至有种"未来"质感,我行我素,十分惊艳,让人想起一个妖冶、冷淡、神秘、遥远、难以交流的女人,有那么一点点像蒂埃里·穆勒的"异形"。

皮革的气息也被她完美地融合了进去。皮革像是小山羊皮,是尤思卿最常穿的……加上皮革之后,邹珩却是感觉,它似乎更像蒂埃里·穆勒的"异形皮革"……

此外隐约传出来的,还有她口红的味道……比如杏仁、杏……她粉底的味道以及护发油的味道,比如硅灵……很淡很淡,但依然有。

香气与他记忆当中的重合了。

就是他最喜欢的人。

她常喷的木兰香水味儿，混着她的体香还有她常穿的皮衣气息以及一点若有若无的化学品味道……

而最让人无法忽视的香，却是大量玫瑰和晚香玉！

对了，还有黑巧克力、木质广藿香和麝香。

前调主要就是木兰还有奶香。

中调当中，玫瑰性感却不咄咄逼人，散发诱惑却又饱含情意。它如丝绒一般，轻轻划过人的肌肤。随后逼来的晚香玉，却可说是……最"肉欲"的香气，华丽、强势、妩媚、娇艳，伴着夜色徐徐绽放，诱惑到了极致，多米尼克·罗密欧的"肉欲之花"基调便是晚香玉配椰子、茉莉，芦丹氏也推出过"罪恶晚香玉"。晚香玉也有一点奶油味，它和两种奶香紧紧缠绕在了一起，那股体香立即变得妖娆，身体仿佛半裸，只穿一件内衣，自信、放荡却不下贱，只在爱人面前暴露她的一切。

后调当中，木质广藿香宛如黑夜般深沉，黑可可却是甜到了发腻，独特、霸气，气场十足，却又让人欲罢不能。女人味道自然、自信，毫不做作，她的身上没有厚重衣物，同样没有烦琐仪式。麝香十分大胆，甚至有些原始动物气息，还有一点点阴郁的气质，性感得有一些神秘莫测。而当它与香草、茉莉融合之时，性感当中又带了些温柔旖旎。香草温柔，茉莉纯洁，好像穿着皮革的女孩儿露出了一丝丝爱意，又像激烈的性事过去后，一对爱人抱在一起温存。人类羞于启齿的欲望以及光明磊落的忠诚，极巧妙地结合在了一起。

全程都有点脂粉味，如同烙印一般，一直轻轻撩拨本能。

这哪里是香水，简直是催情药，充满了成熟女人的味道，无时无刻不在勾引。任何懂香的人，只要闻它一下，立刻便会联想到性，根本无法正常喘息。他一定会想到内衣、想到半裸着的女人、诱人的胴体、高涨的情欲，理智分崩离析，内心躁动不安。

其实邹玿不是个会沉迷于性的人。他天生就目盲，没有见过各种"资料"，但他毕竟是人，当然会有欲望，他也会在听别人讲述时默默地想象那会是怎样的一幅情景。

何况，这款香里都是他喜欢的人的味道——和他最近时常闻到的全一样。那些味道里边夹杂着各种冲击和蛊惑，他爱的人仿佛正在宽衣解带。

"老师，这香，"尤思卿还在添油加醋地解释，"中调是玫瑰，还有，晚香玉。"晚香玉有芳香，夜晚更浓，所以也叫作夜来香。

一说起晚香玉，调香师们一定会想起"肉欲之花""罪恶晚香玉""晚香玉之夜"等香水。也许普通人闻了没感觉，可邹玿是个调香师，他绝对无法忽视"晚香玉"当中的含义。

不知道为什么，听着尤思卿用她的声音缱绻地念出那些个带着诱惑的名词时，邹玿有反应了。

尤思卿继续道："后调是，黑巧克力、木质广藿香、麝香……"

邹玿感到很羞耻，甚至坐立不安。

他问道："你……为什么……"

尤思卿笑笑说："给您当纪念吧。"

"纪念……"

"嗯，"尤思卿说，"它能代表我。"

"……"

尤思卿继续道："也能代表……我对您的爱慕。"

这款特殊的木兰香，其实是她和符晓一起调的。她很难嗅得出她自己的味道，因此，这一部分全是符晓帮她制的，她主要操心的是中调和后调，合并后再不断完善。据说，章唯一闻到那款香水后，在不了解细节的情况下，一度以为符晓性向歪了，还惊讶地问符晓男友怎么办。

邹玿又问："怎么突然……"

尤思卿看了看自己手心里符晓写的字："因为……"尤思卿觉得，符晓欺负她的老师，简直欺负到了丧心病狂的地步，直接把"秘籍"写在她手心上让她念，还说反正她的老师根本看不见。尤思卿说不带这么欺负人的，符晓却说这是为了万无一失。

"因为，因为……"成败在此一举，尤思卿闭了闭眼睛，而后又猛然睁开了，声线有点发颤，"我要离开。"如果这招也不管用……就真的是没办法了。

邹珩闻言眉心猛地一跳："离开？你要到哪里去？跳槽是吗？跳到哪家？是去佩兰？听说他们最近正在招人……还是樱野？樱野这几年表现很不错……"

"全都不是。"尤思卿说，"我不想再待在这一行了。"

邹珩简直不敢相信他听到的："什么？不再调香了吗？"

"是吧。"尤思卿说，"现在，在调香时我感受不到快乐了。我自己都已经失去了幻想了，又如何为别人制造出幻想呢？"

邹珩垂着的手，不易察觉地轻颤了一下。

尤思卿平日锐利的眼神此刻却是十分黯淡，她就像是一只被猎枪击中了身躯的野兽般："我只要接近您，心口便会裂开。"血淌在胸腔腹腔之间的隔膜上，带得五脏六腑都疼痛起来，而且还是没完没了地疼，心口到处都是鲜血淋漓。她是个死心眼儿的人，求而不得，便是如此。

"你，"邹珩狠狠地道，"那你换一家公司？"

"我不能待在任何和您有交集的地方，否则我永远都没有办法真正地放下。"眼前的人那么美好，她会将她遇到的一切人与邹珩相比较，而后还是……无法转移视线。

"……"

"大约只有时间，能让人淡忘曾经的一切。当过往感情越来越模糊，也许……就会好了。"

"思卿……"邹珩没有想到，对方竟然情深至此。过去他总觉得，尤思卿还年轻,她的爱情只是一时冲动罢了,等到几年之后,她便会清醒了。可是谁知……对方竟越来越执着。

尤思卿继续道:"我的父亲已经在老家那边给我安排了一个单位,是小国企,我进去后将会做一些档案归类的工作……重复度蛮高的。"她最大的优点就是创造力,邹珩也知道她最讨厌"重复"了。

果然,邹珩难以接受:"档案归类?你干这个?"

"嗯,对,归类。因为除了调香,我什么也不会。离开调香行业之后,我能干的也不多了。"尤思卿笑了笑,声音十分落寞,"我父亲说,回去后就相亲,三十岁前结婚。他还说,女人一过三十,就会没人要了。"

"……"

"我老家是个小地方,一条马路能看到头。有一点本事的男孩子都走了,剩下的大多要靠父母找工作。不过那也没有什么,跟谁过一辈子都好。至少,房价比北京便宜得多了,我用过去的积蓄全款买个房子,两人每月赚几千块,也足够把孩子平安拉扯大了。别的,还求什么呢,不就该这样活吗。"

"思卿!"

"所以,"尤思卿又说道,"一年之内……到我结婚那天,我便必须要把您忘记了。那时我成了别人的妻子,便绝对不该再想着您了,一切就全都会好了。"

邹珩颤抖着声音问:"哪里好?"他无法接受对方那样活,同样也无法接受,对方忘记自己。对于后者,他自己都难以理解。

"哪里不好?"尤思卿问邹珩,"这不就是您所希望的吗?"

"……我没有。"

"您有。"尤思卿说,"是您建议我的,放弃自己真正爱着的人,平平稳稳地过了这辈子。"

"我是想,你还会喜欢上其他男人的。"

"不会，我爱了八年了。"尤思卿毫不隐瞒地说道，"也许您不知道，我对您的爱慕已经深入骨髓。如果看不见您，我并不是失去了某一个部位，而是丢了主体，剩下的全是破碎的。"

"……"

"您依然还以为，是在为我好吗？"

"……"

"过去，我一切美好的梦境当中，全部都有您的影子……其实，只要能在您的身边，不论哪里都像天堂一样。"

"……"

"所以，我当您的眼睛，带着您看世界。请您……圆了我的梦吧，让我永远不醒。"

"……"

"否则，我明天就……回我的老家了。"

尤思卿是邹珩最得意的学生，他当然不可能看着对方退出——尤思卿的天赋，他是最清楚的。

可是，如何才能阻止她回去呢？

再也不能这样下去了吗？不然，尤思卿便要离开了。他终日从对方那里偷偷窃取无价之宝，终于，这种恶劣的不端行为连神明也看不下去了。

难道……真的……试一试……吗？

他已经三十七。

邹珩在这个本应该按部就班地走向终点的年纪，忽然间听见了"爱情"这样东西在砰砰地敲他的门。

忽然，他又嗅到了方才的香水，香气浓郁，直扑鼻端。

那种香气缠绵入骨，让邹珩猛地便有了一些向往——向往香水中表述的东西。

意志的堡垒开始迅速地瓦解,城墙全部坍塌,炮台七零八落,邹珩不知道自己还能挺多久。

尤思卿轻轻地走了几步,双手颤抖着捏住邹珩的双臂,缓缓地将身体靠向对方,而后将她的双唇印上对方的。

邹珩想要推开。可那气息让他眩晕,他根本推不开,完全沉浸在旋涡中。

尤思卿又继续亲吻她的老师——那个第一次给了她温暖的人。

片刻之后,邹珩突然搂住了他怀里的人,狂乱地吻,不得章法得好像是一个少年。

他终于将那些甜美的气息尽数啜于口中了。

那感觉是如此美妙,邹珩的理性消失了。

片刻之后,邹珩有些着迷地问:"思卿……我一直想知道……你究竟是什么样子?"

尤思卿低下头,捏着邹珩的手,将他的双手放在自己的脸上,并对对方说道,"这就是我的脸。"

邹珩像对待什么易碎品一般,小心翼翼地用双手摸着。他摸到了尤思卿光滑的长发,又摸到了尤思卿圆润的额头,而后是长长的睫毛、挺直的鼻梁、饱满的双唇、尖尖的下巴……他叹了声:"你好漂亮。"

"你能摸出来么?"

"能——"

尤思卿说:"你还可以用鼻子和嘴来'看一看'——"

邹珩摸着尤思卿的耳朵,问:"……可以吗?"

"嗯……"

邹珩犹豫了下,不过还是低头下去,用他另外两感,描绘爱的人的样子。

他嗅了嗅尤思卿的头发,而后沿着额头、鼻梁、嘴唇、下巴一路下去,甚至还轻嗅了对方的耳朵后,又沿着细长的脖颈到了锁骨,最后在肩头处反复流连。

接着,他又沿着同样路线,吻遍了对方的额头、鼻梁、嘴唇、下巴,还有耳朵、脖颈、锁骨、肩头。

邹珩不是很懂这些,都是尤思卿引导他。

空气里仿佛能让人醉倒的气氛汹涌流动着。

邹珩脸连脖子都是红的。他的激情当中,带着一丝不谙世事。

"那个,"尤思卿咬咬唇,最后终于说道,"你也可以'看一看'我的身上的。"

"……嗯?"

尤思卿又是握着邹珩的手腕,将它们放在了自己的肩头上。邹珩捏了捏尤思卿瘦削的肩,只觉得触感是与男人全然不同的柔软。

尤思卿交叉着双臂,握着邹珩手腕,沿着自己上臂一直到了肘部。

邹珩脸更红了。

尤思卿又带着对方来到了她纤细的腰。

"……喂!"邹珩觉得不对,急忙将手用力回撤,可尤思卿却是紧紧地握住了,让邹珩没办法移开。邹珩想要用力,又怕伤了对方,这么稍一犹豫便错失了时机。

尤思卿的脸也红了。她紧紧闭着眼,又死死咬着牙,最后终于下定决心,继续往下边,从侧面到后面。

邹珩的呼吸明显变重了。

最后,当邹珩的手又被带着绕到前边,并且碰触到了完全不属于男人的柔软之时,他拼命地挣扎了两三下,想要将手心里的触感全部抖落到一边。

他眼睛天生看不见,从来都不知道女性是什么样,然而奇怪的是,他却无法干脆地拒绝,他在心里为人的本性而哀叹。

他听见了对方一声细微呻吟,理智的琴弦仿佛瞬间崩断了。

他听见尤思卿沙哑着嗓子问："还要不要……用鼻子和嘴了？"

"……"

最后，当邹珩完全清醒时，已经差不多是十一点了。

尤思卿……八点就来了。

他最后还是……用手、鼻子、嘴，八年来第一次知道了对方全身每一处是什么样子。

整个过程，都是尤思卿主导的。

就连真正意义上的结合，一开始也是尤思卿主动。

不过，令尤思卿十分惊讶的是，三十七岁的老男人，第一次"失身"的夜晚，后来竟然也能翻来覆去地折腾。

她故意的。

不这样"生米煮成熟饭"，她就不可能真正放心。

邹珩是个不自信的人，就算今晚答应交往，到了明天一早，也可能会后悔、退缩，突然之间推翻他的一切承诺。

说不定，等到明天一早太阳升起之时，他便又害怕自己会拖累所爱。说不定，他会再次觉得，一辈子那么长，他不能让一个女人照顾他几十年，将青春和暮年全部都耗在他身上。

那么，就让关系板上钉钉好了。

悔也悔不得了。

尤思卿看了看她身旁的邹珩，伸出她白白的胳膊拿起手机，给符晓发了条微信："行了。"

而另一边，一直在嘉懿的 CEO 办公室中等消息的符晓一步蹦到了正在看文件的沈懿行跟前："成啦！成啦！"

沈懿行："……"

"推倒了！推倒了！"

沈懿行："……"

"哎，"符晓批评沈懿行道，"你咋都不激动呢？"

沈懿行很纳闷地问："我有什么可激动的？我又不认识你朋友。"

"你都不想知道你的策略有没有成功吗？"

沈懿行非常没情趣地说："我无所谓。"

"你这个人……"

沈懿行说："就这么没意思。"

沈懿行承认得太干脆了，符晓反而无话可讲。

沈懿行又淡淡地道："而且，'成了'不是理所应当？"

其实沈懿行也没有教具体的。他那天只说了几句，细节方面一字没有，不过符晓还是体会到了精神。

过了一会儿，符晓突然道："懿行，我突然有一种不真实感……"

"嗯？"

"你这么会撩人……还这么会骗人……你该不会也在撩我骗我？你是不是有好多个女友？把我们都逗得团团转？我们都以为自己是正牌，其实根本就不是那样的！根本就不是那样的！不是那样的！那样的！"为了强调，她又人工制出了回声。

沈懿行："……"

符晓："越想越有可能，哇……"

沈懿行莫名其妙地转移话题说道："明天就是七夕。"

"对呀。"

"你的'鹊桥仙'将正式上市。"

"对呀。"

沈懿行说："明天七夕，你就会知道答案了。"

"……嗯？"符晓蒙了，"什么答案？"

"符晓到底是不是正牌的答案。"

"啥意思……"

"明天再说。"

第十章 但愿恩爱一生

第十一章　我爱的人身上有光

　　我用什么才能将你永远留在我的身边?
　　一个从未有过偶像的人的全部的迷恋,
　　一个从未有过信仰的人的全部的忠诚,
　　……
　　一个从未有过智慧的人的全部的悟性,
　　一个从未有过力量的人的全部的勇气,
　　……
　　一个从未有过安定的人的全部的念想,
　　……
　　行吗?"

第二天是七夕。

沈懿行和符晓下班后先去了一家大型商场一楼，买了两瓶当天上市的"鹊桥仙"，又躲在柱子后边偷听了一会儿消费者们对这款香水的反馈，鬼鬼祟祟地，十分可疑。有个老外小孩儿看见了，还大声对他老爸说："Daddy，Suspicious！（爸爸，可疑！）"

晚餐他们去了一家"二人餐厅"。那家餐厅十分特别，只允许两个人进去，两个人进去后餐厅便会锁门。沈懿行提前很久才订到的。食物味道不错，符晓吃了一堆，一个人吃光了整整一只鸭子。

从餐厅出来，符晓问沈懿行："之后去哪里啊？还有什么活动？"

沈懿行深情地看了符晓一眼，说："回公司，晚上就在嘉懿待着。"

符晓："……"

"怎么了吗？"

"沈总，"符晓有点艰难地道，"为什么突然改计划？"

沈懿行说："医院把一期临床的实验总结发来了。"

"哦？"符晓耳朵一动，"数据怎么样？"

"好像不错。"沈懿行说，"但是报告有四十页，我必须得仔细看看，所以稍微有点着急。"

"哦哦，明白。"符晓一向都非常理解沈懿行，"那就走吧！"她自然清楚沈懿行在这款创新药上面投入了多少精力，现在一期临床最终报告出来，沈懿行肯定想尽快阅读全文。虽然在之前的沟通当中，沈懿行应该对结果心中有数，但只有把每个字都看了，才能最终放下那颗悬着的心。而且，作为申办单位，嘉懿还要尽快报送药审中心，在医院接受审评并修改报告之后，才能开始二期。相比之下……一次七夕约会活动而已，也不是很重要，嗯……当然还是有一点遗憾……

沈懿行问："你陪我吗？"

符晓回答："当然。"

于是两个人再次来到了嘉懿。

沈懿行专心看报告，符晓再次百无聊赖，她抱着电脑窝在沙发上，时不时抬眼瞅瞅沈懿行。

大约过了二十分钟，沈懿行抬起头，问："是不是无聊？你老是偷看我。"

"还好……"以前室友给她推荐了个电影，她正打算看看。

沈懿行动作优雅地支着下巴，说："不然，你去找一样东西吧。"

"啊？"

"和上次差不多，给你解闷儿的。"

"咦？"

"我藏了样东西在休息室，看你能不能把它翻出来。"

"切。"

沈懿行说："你不是总说你智商吊打我吗？来证明下？"

符晓道："我没说过我智商吊打你，我只说过，我成绩吊打你……别换概念……"

沈懿行不服道："除了政治你70我60，剩下的都差不多吧，哪来'吊打'？"

"呵呵呵呵。"符晓皮笑肉不笑道，"为什么要'除了政治'？政治也是常规科目，你连开卷都找不到，就想把它给踢出去？哇，你耍赖。"符晓一直觉得十分神奇，怎么会有人开卷都要挂。

"……好了好了。"沈懿行站起身，施施然往外走，"跟我出来。"

"哦……"

沈懿行将符晓带到了休息室，一把将符晓推进去："行了，屋里有些线索，玩法跟密室逃脱有些相似。"

符晓问沈懿行："就是，根据线索找道具吗？"符晓有点惊讶。在这个"游戏"里，沈懿行竟然煞费苦心，"百忙当中"还要准备各种线索。

"嗯，对。只是没有限时，也不需要逃出房间，只要能够正确推理、拿到最终道具就好。"

"好啦……"

"去吧。"沈懿行伸出手一推，符晓便跌进了房间，然后她便听见"砰"的一声，休息室的门被人关上了。

"哇，"符晓说，"走得好快啊……"她想：为什么走得这么快？像在催她赶紧开始似的。

休息室的灯光有一点暗。光是昏黄的，一盏一盏藏在天花板一个个漂亮的圆形装饰里。吊灯漫射出无数道光线，好似一团团轻烟笼罩在天花板上，让一切都带上了一层柔和的光晕。

墙壁上挂着一些抽象画，符晓也不大懂画的内容，只是觉得光是看着，心情就会变好很多。

休息室外侧有个大露台，之间被大落地玻璃隔着。此时，窗外的一切都已经被暮色染黑了，远处有五颜六色的霓虹灯在闪烁。

休息室有几只沙发，橙色的白色的，还有几张白色的小圆桌，周边是几张橙色的椅子。角落里还有几张按摩椅，黑色的皮子有点褪色了。

此外，东侧还有一排书架，里面有药学、医学方面的书，也有一些管理、商业类的。西侧是一个五层食品柜，里边是各种各样的零食，符晓常常在晚上等沈懿行时跑到那边去吃的，不过此刻架子上却是一样零食都不剩了，空空的。与按摩椅相对的角落里是一台茶咖机，可以用来泡茶和咖啡，甚至可以冲豆粉、奶粉、巧克力粉等。

不过，与往常不一样的是，此时，地毯上边居然放着一些兔笼子！

而且，笼子还很漂亮！公司里那些整天排着队等待抽血的小兔子们全都团在里边，互相依偎，特别可爱。

符晓觉得有一些不对劲，凑近了一看，立刻笑出声——因为兔子们还打着领结！一个个鲜艳的领结挂在兔子的脖子上，那些大兔子却好像完全意识不到一样。

有几只兔子符晓也认识。事实上，在动物试验中，人不会轻易杀死动物。它们和人类受试者一样，最经常经历的就是抽血，当然，风险要比人类大上很多。符晓听沈懿行说过，龚家宁曾经愤慨地表示："我们怎么会成天杀动物！一只动物值那么多钱！"

"这是干什么呀……"看着带着领结的兔子们，符晓自言自语。

就在这时，手机响了。

符晓掏出手机一看，是沈懿行的短消息："刚才忘记了告诉你，故事的背景是：帮助一对记忆有些衰退了的九十岁夫妻寻找对他们来说很重要的东西。"

符晓知道，这种"密室逃脱"类的游戏，为了代入，都会有个什么"故事背景"，比如"你是一个被绑架了的公主""你是一个要被献祭了的女巫""你穿越到未来世界拯救人类"……

"帮助一对记忆有些衰退了的九十岁夫妻寻找对他们来说很重要的东西"吗……

符晓忽然有个感觉，这个"游戏"不大一样。

符晓没有玩过真人密室逃脱，此刻觉得还挺有新鲜感。她只打过密室逃脱的小游戏，打得一般，有时候还要看攻略。

符晓琢磨：该不会真的特别难为我吧……为了报我比他高十分的仇……哎，不管了，正常来说，玩儿密室逃脱类的游戏，第一步应该是"彻底搜查房间"，寻找一切可能用得上的线索，比如日记、信件、照片……

符晓环视了一遍休息室，发现小圆桌上有一摞书。

她走过去，拿起最上面的书看了一眼："哇……"

那本书的封面她再熟悉不过了！那个封皮……上下深绿色，中间浅绿色，中间写着六个大字："高等有机合成"。

符晓想：徐家业的书！"有机合成化学"是研一的第一门课，当时那个老师用的就是这本课本！

再看看第二本……《理论有机化学》——"理论有机化学"那门课的课本。

第三本……《固体材料常用表征技术》——"表征技术"那门课的课本。

桌上一大摞书，全是研究生三年的课本，还有从老师那儿打印的PPT，甚至还有笔记。

笔记本上，沈懿行的字迹比现在要规整——沈懿行现在的字写得有些草，潇洒过头。

每一本书和笔记上，沈懿行都写了他自己的名字。"沈懿行"三个字，即使到了今天，符晓见了仍会心跳。

符晓也不知道怎么回事，竟然将每本书都翻了下。她好像又回到了当时的教室，脑海中浮现出了一个一个很久不曾想起的老师的面容，甚至记起了墙壁、地板的颜色，还有同学们的脸庞，以及她当时总是偷偷看着的人的背影。

原来……他们已经认识……这么久了。

符晓一本一本地翻，而后便忽然在其中一本教材里发现了一张照片。

是毕业照。他们的毕业照。

毕业照上，沈懿行很高冷，依然是没有笑，但是帅气。他的样子和现在差不多，但眉梢眼角更加天真。符晓看着看着，伸出食指，戳了戳沈懿行。

她将照片翻了过来，发现后面写着一句："北京大学，有机化学方向，第一次见符晓。"

符晓意识到了，这是一条提示，是"解密游戏"的第一条线索。

她又看了一下屋子，果不其然，在书架第二层的格子里看见了一个小的密码箱。

于是她走过去,看了一眼要求,发现是要输入六位密码。符晓想了一想,开始一个一个数字地按:"1、2、0、9、0、3"。

2012年9月3号,是研一新生报道的日子。入学的第一天。从那一天开始,她与沈懿行间有了交集。

只听"咔"的一声清脆声响,那个小密码箱被打开了。

符晓伸头望向里面,看见了一小沓东西。她将东西全部都掏了出去,发现是"半交往"状态下的照片,有在北京的,有在外省的,有在外国的,每一次的"约会",全都历历在目。

照片下面,是一张被折起来的纸。

展开之前,符晓心里其实已经知道是什么了。她小心翼翼地铺开纸,果然看见了熟悉的十几个字:"国家食品药品监督管理局药物临床试验批件"。

而在箱子的底层,批件下方,是个精致的密码本。

符晓想都没想,便拨出了他们两人正式在一起的日期,而后晃了一晃,将那本带锁的笔记本也成功地打开了——批件所暗示的,一定是"在一起"。

笔记本中,全是二人正式交往后的照片。一路过来,都有痕迹。两个人明显亲密了很多,经常搂搂抱抱。

符晓翻着翻着,脸又是有点红。正式在一起,也有大半年了。

笔记本的最后一页上面,有一把小巧的钥匙被透明胶牢牢地粘在了纸上。符晓撕掉了所有透明胶,将钥匙紧握在手里,走到了放零食的柜子前。

她一个一个柜子晃,终于,发现有个柜子是锁着的。

"嘿嘿……"符晓将她从笔记本里得到的钥匙插进了锁孔,轻轻一转,随着圆润的开锁的声音,柜子被打开了。

符晓看着柜子里的东西。

上面那层,放着好多瓶子。第一个瓶子,是她的"明天";第二个瓶子,是她和章唯一的"女人花";第三个瓶子,是她的"浪淘沙";第二个瓶子,是她自己的"鹊桥仙"。那些瓶子十分精致、漂亮,在橙黄色灯光下闪着柔和的色泽。她的产品每次上市,沈懿行都会买上好几瓶,所以,即使"浪淘沙"正全面断货,符晓也不意外它会出现在这儿。至于"鹊桥仙",则是他们今晚才刚买来的。符晓回想了下,依稀想起沈懿行在看文件的过程中曾出去了一趟,现在回头来看,他那个时候应该是过来摆香水了。而在四个瓶子之后,还有一大排没有名字的空瓶,那些空瓶子代表着她以后将会调出的众多香水。

下面那层,也有好多瓶子,不过与上面那层的全然不同。左边几个,是沈懿行公司成立以来推出过的所有药品,第一个就是那款治心衰的仿制药。而在那些已推出的药品之后,同样摆着一堆空瓶,想来也同样代表着他未来将会制出的众多药品。

符晓想象了下这两排瓶子越来越长的情景。之后,假瓶子将一个一个地被替换成真瓶子。一天一天,一月一月,一年一年,每次有了新的成果,他们俩便"更新"柜子,而随着他们两个在行业中的日子越来越长,这个奇特的"作品柜"也会被不间断地充实和完善。

而在他们一路前行的过程中,从始至终,从一个瓶子到最后一个瓶子,都有对方陪在身边。

符晓又看见了一个手机。

她将手机拿了起来,轻轻一点,锁屏图案便出现了。

是熟悉的九个白色小点,让她输入一个手势解屏。

而不一样的是,九宫格锁屏下边的壁纸,竟然是她那天完成的 ELISA 实验的酶标板!酶标板被压缩成了一个正方,比九宫格锁屏要大一圈。酶标板正好可以分四块,中心孔洞与九宫格锁屏的中点完全重合。左上区域中心,便是锁屏的左上角那点,右上区域中心,便是锁屏的右上角那点,同样,左下对应左下，右下对应右下……

符晓一看就明白了。

这是让她照着描那天酶标板上的心形呢。

符晓伸出食指，点住了九宫格中心那点。而后斜上到左上角那点，下移到左列中点，接着一条斜线画到最下一行中点，又是一条斜线画到右列中点，上移到右上角，最后斜线回九宫格中心。

正好是一颗心。

与它下方那张 ELISA 图片上的心几乎是重合的。

仔细想想，沈懿行送过她很多心形东西，从硫酸铜晶体，到冰岛的冰洞，再到前些天的 ELISA 酶标板……嗯，心形好。大概也正因为如此，沈懿行才选了这个解屏手势。

其实这心，从左边画也行，从右边画也行，符晓先从左边画了，竟然一次解屏成功。

手机解屏之后，符晓看见，桌面上面，只有一张图片，其他什么 APP 都没有。

符晓点开了唯一的一张图片——是他们第二次约会在八大处喝茶时她发的朋友圈的截图。当时她拿出手机拍了张照片，并发了朋友圈，照片拍的是石桌、茶水和瓜子，配的文字是"八大处聊天、喝茶、吃瓜子，茶很美味、很耐泡。"然后……下边评论全是："你不是在泡茶！是在泡男神吧！""不是茶很美味、很耐泡！是男神很美味、很耐泡！"

这是什么意思……

对了……符晓想起来了，沈懿行当时曾经说，等到他们两个老了，就常喝喝茶、聊聊天。

其实，沈懿行真的很喜欢喝茶聊天……他们之后就又去过好几次八大处。

"难不倒我……"符晓看了看休息室角落中的茶咖机,几步走了过去,伸手拿起放在桌子上的一大包茶叶,打开多次用的真空包装,伸手在茶叶里捞啊捞啊,没几秒便触到了金属,拿出来一看——一把钥匙。

还有什么地方是需要钥匙的……
符晓将放茶咖机的柜子抽屉都拉了拉。
果然,有一个抽屉是被锁了的。
符晓用钥匙捅进了锁孔,一把就将抽屉给拉开了:"待我看看你又在搞什么……"
结果,抽屉敞开,她呆住了。

抽屉里静静地躺着一封书信,还有……一个小小的有着可爱丝绒外表的红色盒子。
意识到那可能是什么的符晓心脏怦怦直跳,在安静的休息室里仿佛是被敲响了的钟鼓。
符晓展开了那封信。
信上是沈懿行的钢笔字,依然是苍劲并且潇洒的,他说:

"符晓:
我用什么才能将你永远留在我的身边?
一个从未有过偶像的人的全部的迷恋,
一个从未有过信仰的人的全部的忠诚,
……
一个从未有过智慧的人的全部的悟性,
一个从未有过力量的人的全部的勇气,
……

一个从未有过安定的人的全部的念想,
……
行吗?"

不知道为什么,符晓有点想哭。

她又拿起了信旁的盒子,屏住呼吸,小心打开……世界便安静了。
那是一枚戒指。
一枚玫瑰花形状的戒指。
中间钻石很大,四周还有一些碎钻,设计十分精巧,让人无法移开目光。钻石在灯光下,流光溢彩,宛如蜻蜓在阳光下轻盈振翅时所闪耀的缤纷。

"懿……懿行……"
找到的东西是戒指……
"帮助一对记忆有些衰退了的九十岁夫妻寻找对他们来说很重要的东西"当中"很重要的东西"指的就是这枚戒指吗?"九十岁夫妻"指的是他们?

这时,休息室外的露台上,有个地方忽然被点亮了。
随后,亮光一点点多了起来。符晓在亮光中,看见沈懿行在低头点蜡烛。
"懿行……"符晓走到落地窗前,伸手打开了锁,轻轻拉开门,走到了露台上。八月的风温柔拂过,将她的发丝吹起来。
露台地上全是花瓣。一地玫瑰花瓣,在夏风中散发着阵阵的清香。符晓闻了一下,便知道了是什么花。
露台中央有个架子,架子上有几个十分大的花球,插在精致的瓶子中,每一朵鲜花都显得娇艳欲滴。架子上还有几个漂亮的烛台,蜡烛刚刚被沈懿行点燃。

接着，四周地上一连串的小灯也都亮了。

符晓捏着那个钻戒，感觉像是做梦一样。

她喉咙发紧地叫了一声："懿行……"

沈懿行说："过来。"

符晓挺紧张地摸了一下头发，深深地呼吸了几口，终于低着头从"花瓣大道"走到了沈懿行面前。

"晓晓……"沈懿行垂着好看的眸子，从符晓手里接过了戒指，"看了？"那个戒指，是他自己设计又拿去定做的。

符晓回答："嗯……嗯……"

"信呢？"

"读了……"

"明白要发生什么吗？"

"好、好像明白……"

沈懿行问："用不用给你点时间思考一下？"

符晓说："这有什么好思考的……"这题一点都不难做，好简单。

沈懿行盯着符晓看。

符晓却是不敢抬头。

半响之后，沈懿行笑了笑，后退一步，突然单膝跪了，动作还是优雅帅气，而后他抬眼看符晓："晓晓，和我结婚好吗？"

看着跪在面前的沈懿行，符晓内心有一根弦猛地又被拨了一下，撩得周围空气都震动了起来。那根弦嗡嗡响着，久久无法恢复平静，好像是古琴颤动时所发出的深沉又悠远的余音。

在微弱烛火中，沈懿行的面容看不分明，然而眼中眸光却很温柔。他背对着烛台,光从他的身后照射出来,将他的轮廓镀上一层金,让符晓觉得,这人会发光。

　　她的思绪忽然飞回 22 岁那年。

　　那时,她偷偷地暗恋着沈懿行。

　　在寂静的夜晚,她无数次地想:那个人……如果是我的丈夫多好。

番外　那个男人

在符晓决定要暂时从""佩兰"离开、去法国留学后，她的爸爸妈妈一开始很反对。

反对的主要原因，是担心她嫁不出去。

"你都多大年纪了啊……"她的父亲说道，"你工作两年了，快二十七了呀。你是个女孩子，你要找男友呀。时间一天一天过得那么快，再拖就到三十岁了，到时谁还要你……""就是这个道理。"符晓妈妈也接道，"你的好朋友们可全都结婚了，其中有好几个马上都当妈了。你留这学要两三年，回来三十，出去相亲男方都会嫌年纪大。"

"哪有全都结婚？"符晓举出例子用于反驳，"好几只单身狗。"符晓的朋友多，什么样子的人都有。

"这点别学她们。"符晓妈妈又说。她有点愁。过去她从来没想过女儿嫁不出去。女儿漂亮，家境优越，性格很好，学历高，在外企，工资虽然不高，可是相对安全，基本不会接触剧毒化学物质——当初同意符晓转行也有这方面的考量，怎么看就应该找得到"高帅富"，可是谁知，一年一年过去，她的"女婿"连影子都没有！她都有点后悔在符晓上学时不让她恋爱了，因为好的男孩早在还年轻时就被人抢光了。学啥不好，学单身？怎么不学家庭和睦的朋友呢？符晓以后要怎么办？符晓妈妈也有同事有三十好几的女儿结婚，可是男方要么岁数很大，要么曾经离异，不错的当然有，只是似乎比较少见。

"哎，"符晓挠挠鼻梁，"其实，情况有点复杂——"

"复杂？"

关于几岁嫁人，符晓很无所谓，可是她也知道想要改变父母观念是很难的，这并不是能够说服对方的事——父母是真心地在为她而忧虑，虽说一意孤行倒也不会怎样，但符晓不愿令家人感到难过，同时也不愿让留学蒙上阴霾。

怀着这种想法，符晓只得向父母透漏了沈懿行的存在："爸妈，该怎么讲……我确实是没有男友，可是我有结婚对象。"沈懿行还不算男友，可是，他们会成夫妻。

符晓爸妈都是一愣："结婚对象？没有男友，怎么会有结婚对象？"

"就是，我和一个男生约好，各自努力，等到事业有了起色，就在一起。我决定去法国留学也有这方面的原因。"

"……"

"我特别不喜欢不平等的爱情。所以在那之前，互相等待彼此。"

父母大为惊讶，怀疑符晓骗人。

符晓无奈，只好又说："这周末我带那个男生回来一趟。"

二老还是将信将疑。

如果全是真的，女儿也瞒得太好了吧！

对于"那个男生"，他们当然想见。不仅是想确认符晓没有骗人，也想确认对方没有骗人。女儿单纯，万一是被异性欺骗了呢？

"…………"

就这么着，沈懿行将首次踏入符晓家门。

对于礼物，他没有挑太昂贵的，也没有挑很便宜的，而是将就"妥帖"。符晓爸爸喜欢某位日本老牌歌星，沈懿行便紧急托人从日本带回了一套正版CD。他还喜欢喝点小酒，沈懿行又准备了一瓶产自加州纳帕的白葡萄酒。符晓妈妈喜欢打扮，他便买了一个高科技美容仪，外加一套精致茶具，因为符晓说了家里茶叶很多。加起来一万多，不会便宜，也没有很昂贵。

敲门之前，一向泰然自若的沈懿行忽然变得紧张、局促。他捏紧手里边送给未来岳父和岳母的礼物，几次调整呼吸，还破天荒地问他身边的符晓："头发乱吗？"

"啊？"沈懿行并没有那么注意外表，符晓一时居然没有反应过来。

沈懿行又重复了一遍："头发乱么？"

符晓没有忍住，嘴角微微上翘，伸出自己的爪子帮着整理了下。

嗯，很帅。

她几乎看呆了。

沈懿行又摸了一下领口、袖口，整理衬衣、西裤，端端正正站好，按响了符晓家的门铃。不知怎么回事，他有一点紧张，过去沈懿行在公司里夺权时、在华尔街融资时、在实验室等待数据时，都没这么紧张。他一向很相信自己，此时却忽然生出了一丝如同刚毕业的学生面试梦想公司时的惶恐。这是在商场上拼杀多年的他，很少有的极为质朴的情感。符晓妈妈是个律师，爸爸是个教授，还是法学院的，沈懿行有点担心等下会有什么"犀利"问题回答不出而显得笨拙。

来开门的是符晓的妈妈。她是一位很有气质的女性，虽然年近六十，却像五十不到，相貌其实与符晓有点像，都是眼睛很大，而且很亮，一看就是正直善良的人。

符晓妈妈见到沈懿行愣了下:"沈懿行?"

沈懿行:"伯母好。"

"咦?"符晓惊了,"我讲过男朋友叫作沈懿行吗?"虽然沈懿行只是半个男友。

符晓妈妈一笑:"没有。"

符晓:"那?"

"毕业照片上有。"

"哇,您神了啊!"符晓眼睛睁圆,"毕业照片上的,您全都能记住?!我们全院也有好几百号人呢!我记得您也就看了一两次吧?"难道她妈和黄老邪老婆一样,过目不忘?

符晓妈妈看了女儿一眼,没说话。

她认不出别人,唯独能认出沈懿行。

原因也很简单。

她的女儿符晓,在北大念书时曾多次提起过"沈懿行"三个字。

那时符晓总说:"我们班有一个男生,可厉害啦!专业内容什么都会,全院第二!"而在自己疑惑地问"你不是全院第一"之后,符晓又会傻乎乎道:"是啊,我是全院第一。"顿上几秒又说:"那个男生,可厉害啦!"讲的时候好似全然不觉"第一崇拜第二"这事有何不对。

几次之后,符晓妈妈发现,自己女儿对"那个男生"滤镜足足有十米厚,从此便开始留意"沈懿行"这个名字,并且认真地听女儿讲的种种沈懿行的事情,比如发了什么论文,钢琴获了什么奖项,活动拿了什么名次……因为母亲了解女儿,她清楚地知道,符晓从来没有如此注意并且乐于提起某个异性,一定是在暗恋。

因此,在符晓毕业时,她拿着毕业照,问符晓哪个是"沈懿行",又在符晓指出来后长久地盯住了看,最后拥抱她的女儿,陪她一起告别长达两年的无疾而终的喜欢。

　　毕业之后女儿一个人租房子，好像也就很少再提起"沈懿行"，她还以为那三个字早就已经是过去式，好像烟花一样绽放于青春的天幕，接着一切归于沉寂。

　　看着女儿反应，符晓妈妈确定，站在她面前的英俊的年轻人真的就是那"沈懿行"。

　　这一瞬间，她也明白，女儿是真的有男朋友的——小伙子既然愿意作为"男友"来到她家，就算还没真正交往，也肯定对符晓有相当的好感。况且作为律师的符晓妈能够看出，表面云淡风轻的小伙子实际上是挺拘谨的。至于自己女儿……对于拿下男神绝对万分愿意。

　　"别拘谨，"符晓妈妈一语双关地道，"把这当成自己的家就好。来，坐，我刚才洗了水果，还烧了一壶茶，吃点东西，休息休息。"

　　"对，"不知什么时候出现的爸爸也说，"休息休息。"

　　"谢谢，麻烦伯父伯母，我自己来就好。"沈懿行礼貌地道谢，坐在沙发下首位置。

　　符晓妈妈不想给沈懿行压力，对符晓说："带沈懿行参观一下我们家里，菜在锅里，我盛出来。"

　　符晓："好嘞！"

　　沈懿行想帮忙煮饭烧菜，却被另外三人拦了下来。随后符晓父母走进厨房，为了防止油烟进入客厅还把门关上了。

　　"来啦来啦！"符晓推着沈懿行走，"带你看看我的房间！"

　　"嗯。"

　　沈懿行一边答应，一边被推进一个阴面房间。

　　房间十分有符晓本人风格。靠窗放着一张很素净的书桌，还有一把椅子，桌子上摆放着鲜花，鲜花幽微的气息弥散在房间当中。墙上有几幅抽象的花朵图画,给家增添了一些温暖的氛围。窗户上悬挂着很漂亮的布帘。床上没有毛绒玩具、可爱玩偶等东西,十分整洁,正铺着白色的点缀着粉色小花朵的床单和被罩。没有梳妆镜也没有化妆品。书架也是实木制作,有一种厚重的感觉,里面书籍很多,内容五花八门,既有历史、政治、军事类的书籍,也有古代服饰图鉴、古代簪钗图鉴这些文化类的,还有化学化工、哲学社会等专业类的,山海经、神鬼谈等幻想类的以及诸多中外小说、漫画。每层都有装在小瓶子中的干花,五颜六色,被保护得很好。

"如果我不在家,鲜花就由我妈浇水。"符晓解释了句。

"嗯。"

沈懿行走到书架前面。

"唔,"符晓又说,"想看哪本你就拿出来看。"

沈懿行点点头,目光从一排排书籍上面扫过。

一分钟后,他看见了两人上研究生期间的专业课课本。

一瞬间,过去与当下连接了起来。化学楼的教室、年迈的教授,无数回忆涌入脑海,沈懿行甚至依稀能在头脑中勾勒出女孩望着自己背脊的目光。

怀着一种感恩而又怀念的心情,沈懿行将课本缓缓抽出柜子。

这本书,有那时候符晓的痕迹吗?有那时候那个,明明已经相识,却并不曾关心的符晓的痕迹吗?

书上有些字迹,龙飞凤舞,一点都不秀气。

沈懿行慢慢地翻,十分认真。

忽然,一张什么东西从课本的书页中飘落了下来!好像是折叠着的A4纸!

"嗯?"沈懿行弯腰捡了起来。

符晓凑近一看,漂亮的脸蛋儿顿时变了颜色!她连脖子都是红的,瞪着黑白分明的眼，结结巴巴地道："这这这……不不不……别看，忘记！"

那纸，赫然是沈懿行在读书时用来算题的废纸！

沈懿行："……"

符晓问："忘记了吗？"

沈懿行说："没有。"

符晓："……"

"你——"沈懿行的眼睛盯着符晓的脸，"你捡我丢掉的废纸？"

"……"

"哪儿捡的？"沈懿行的嘴角勾起，语气里并没有嘲笑。

符晓还是不答。

"垃圾桶吗？"教学楼的走廊里边有垃圾桶，沈懿行也常常将废纸丢进去。

"不是，不是！"符晓立即反驳，"我哪里有那么变态！你出门时掉了一张！有次期末考试，你交完卷子，走出教室去扔垃圾，其中有张掉出来了……"

沈懿行看着符晓。

"我……我……我就捡垃圾了。"符晓知道这样很像一个变态，不，大概就是一个变态。但是当时，她真的想保存一样沈懿行的东西。想收藏一份爱的人的字迹。于是，鬼使神差，在捡到沈懿行掉落的废纸后，没有帮他扔掉，而是偷偷将那张纸塞进自己书包带走。唉，不管怎么解释都好变态。

沈懿行笑了："捡完了还珍藏？夹在书页里边？"

"你闭嘴吧……"

沈懿行的心情很好，将那张纸重新叠好，又小心地塞回课本的第100页："送你了，小变态。"

"喂……"什么"小变态"……

沈懿行又走到书桌前边，从古朴的木质笔筒当中抽出一支中性水笔，拿起一张与刚才的演算纸同样的打印纸，稍微想了几秒，用俊挺的字迹写了一句："To 小变态：我会永远爱你。属于你的：沈懿行。"写完，他将那纸递给符晓，说："也送你了。以后不用偷了。"

"唔……"符晓脸上有点发烧，伸手接过。

这在几年前是想都不敢想的，虽然就算现在她让沈懿行写一封万字长的情书，沈懿行也不会拒绝。

过了几秒，符晓又问："喂，懿行，要不要看我小时候的照片？"

"嗯？"

"我小时候挺可爱的。"

沈懿行笑："现在也挺可爱的。"

"嘿嘿……"符晓说着，打开书架下面柜子，抽出几本影集，全部堆到沈懿行的腿上。

沈懿行见厚厚几本，知道符晓从小是个幸福的孩子。父母一定非常爱她，才会希望记录她的岁岁年年。

他按时间顺序一页一页仔细地看，从符晓出生后还在襁褓里的照片，看到喜欢的人会爬、会走、会跑，这是一种非常特殊的体验。他参与到了她以往没有自己陪在旁边时的人生，从另一个时间、空间维度注视着她，留意她的变化，看着她一点点变成如今自己最喜欢的样子。

符晓不太像个女孩子的样子，总是爬墙、爬树、爬各种东西，天生好动，和喜静的他儿时完全不一样，但是，即使如此，照片里面出现次数最多的场景依然还是花园、树林，尤其是阳光下的花园和树林。

符晓从小就喜欢花、喜欢草、喜欢树。

不管是外向的还是内向的，好动的还是喜静的，都可以喜欢这样美好的东西。

忽然，一张很"奇特"的照片映入了沈懿行的眼帘。

照片上的符晓大约五六岁，脸比现在圆些，下巴没这么尖。她的身上裹着一块红色的布，头上盖着一条红色纱巾，脸上画着乱七八糟的妆，一块黑一块红，口红还有腮红涂得尤其可怕，看上去好像能吃掉整个宇宙。她双手都戴着手镯，玉的成色很差，估计几十块钱一对，脖子上挂了七八条项链，项链上的那些钻石、珍珠一看就是假的，只是用塑料给孩子制的玩具。还有许许多多闪亮闪亮的发夹将纱巾牢牢固定在她的头发上，有蜻蜓、有蝴蝶，让人眼花缭乱。

"啊啊啊啊！"黑历史又出现，符晓急忙去遮。

怎么忘了这种照片！

沈懿行又阻止了她，问："是什么？"

"是……是……"面对沈懿行也没什么可隐瞒，符晓老老实实地答，"是我小的时候扮成出嫁的新娘子。"

"出嫁的新娘子？"

"嗯。"她不记得具体的事，可小时候时常扮成出嫁的新娘子这件事她还是很清楚的。那个时候的她，喜欢把家里用来盖住电视机的大红布披在身上，再蒙着妈妈的红色纱巾，把自己的手镯、项链、发夹通通挂在身上，再偷妈妈的化妆品涂涂抹抹，感觉自己很美，在家里的大床上绕着圈走。当然，实际很雷。

沈懿行却拦住符晓，认认真真地看照片。

符晓说："别看了……"

沈懿行却是少见的不听话，问："晓晓，那么小的时候，就很向往婚礼吗？"

"嗯，是吧。记不清了，应该是的。"

"五六岁时的你笑得很开心。"

"哈哈。"

"晓晓,如果新郎是我,你是否会更加期待?"

符晓转过头,看着自己的半个男朋友,微微一笑,说:"那当然啦。"这么多年以来,她只爱沈懿行,不管是白天清醒时还是夜里做梦时,都想嫁给沈懿行。

沈懿行心中有满满地吻上对方双唇的冲动。他想将她抱在怀里,吸吮她的舌尖,将对方从身体内部呼出的气息尽数啜于口中。

可是不行。他们还在"半交往",他不能够碰对方唇。

沈懿行克制着自己,只是伸手温柔地摸了摸对方的长发,说:"不会很久之后,我会给你一个可以满足心中所有幻想的婚礼。"

"懿行……"

"晓晓。"

"嗯,那么,我继续等,并且心怀期待。"

沈懿行觉得,自己真的有些控制不住自己。

幸好,就在这时,符晓母亲叫两个人去吃饭,家常菜的香味也飘进了房间,令人食指大动。

沈懿行定定神,放下相册起身走了出去。

席间,众人随便闲聊。

符晓父母问了些沈懿行自己和家里人的情况,对于这个英俊、优越而且彬彬有礼的男孩子非常有好感。

末了,符晓的妈妈说:"晓晓这个孩子性格看似温和,其实非常任性。"

符晓说:"喂……"

妈妈没有搭理符晓,又继续说:"她一向是,想读研就读研,想转行就转行，想半交往就半交往，想去留学就去留学，想一出是一出。"

符晓："……"干啥这样讲……

"而且非常固执，想干什么就必须干。"顿了一顿，符晓妈妈的声音再一次响起，"把女儿养得这样任性是我们的问题，但是符晓也有其他非常好的地方，比如活泼、幽默、善解人意、愿意助人。所以，当符晓任性时，请你包容一下。"这个，才是符晓妈妈想要说的东西。"请你包容一下"好像是女孩子的父母见准女婿的标准句子。

一般来说应了就好，可沈懿行却是与众不同地道："没什么好包容她的。"

另外三人："嗯？"这个回应，实在非常奇怪！

沈懿行说："未来的事，我不敢讲大话。但是至少直到目前为止，符晓怎样我都喜欢，面对她时从没有过任何负面情绪。所以，对于她的决定，我不需要忍耐、包容，我只需要支持。符晓也不需要过于考虑我的情绪，在我面前做她自己就好。'忍耐'、'包容'这样的词，是在有矛盾的场景中使用的。倘若没有矛盾，自然'没什么好包容她的'。

符晓说："懿行……"

"嗯？"

符晓夹起一块红烧肉扔过去："回答过关，赏。"

沈懿行一笑："不胜惶恐，谢主隆恩。"

符晓父母看着两人，好像也能感受得到女儿和沈懿行之间绵延的情意。

到饭局的最后，符晓爸妈终于问出他们最为担心的问题："懿行，那个，我们两个人也知道，你和晓晓间的关系非常特殊。所以，冒昧地问一下，如果符晓离开几年去欧洲留学……你有什么打算？"

距离，可是爱情的"杀手"，多少感情毁于异地。一般来说，如果两人之间隔着大洋，即使开始没分，过个半年一年，也基本都会分手。恋人需要陪伴，不能在高兴时和悲伤时出现的恋人又有什么用呢？何况，沈懿行是

CEO，长得又是那么招人，一定会有无数条件好的女孩子扑上去，他干吗非得等待符晓好几年呢？

沈懿行放下了筷子："伯父、伯母，我学化学，喜欢用数据来支持结论。可是现在，即使是我，也不知道怎么才能支撑论点，想了一下，好像就只能用未来几年光阴证明我讲的话全部都是真的。"

"……"

"所以，就用时间为我做证。我很喜欢巴巴耶娃的一句诗：'离别之于爱情，就像风之于火，它熄灭了火星，但却煽起狂焰。'我想如果我连这个考验都通不过，我也没有资格迎娶晓晓为妻。那么，即使她不去法国，我们俩也不幸福，至少，不会是完完全全的幸福。符晓和我都是完美主义的人，其实不想那样结婚过一辈子。符晓出国留学，就算是在婚姻这件事上，要么与在国内没有区别，要么只有正面影响。"

符晓父母沉默不语。

"爸，妈，"符晓加入劝说，"我和懿行……本来也不怎么见的。"

"……"

符晓的脑回路让她继续从诡异的角度去切入："我有假期可以回国，懿行也能过去欧洲呀，现在交通这么方便，十几个小时就到啦。我们见面天数是固定的，一个月用一天或者三个月用三天，没有多大区别……"

"……"

"而且，我并不会为了男友放弃深造——万一以后哪天我会怨恨他呢？没有人能为另一个人的人生负责。"

"……"

"爸，妈，"见对面的两人还在犹豫，符晓便使出了王牌和撒手锏，"我这都是为了早点结婚！等到我从法国回来，就能快速达成目标，然后结婚！"

符晓父母沉默半晌，忽然间转移了话题："行了，吃吧。"

这并非是退让。

符晓的爸爸和妈妈分别是法学院的教授和公司的律师，最是擅长唇枪舌剑，如果他们愿意，自然可以针对这些理由一一反驳，可那没有意义，因为他们从两个人的眼中和话中看到和听出了他们的决心和信心。

这样就足够了。

本来，他们还想劝劝"半交往"的模式，此时看来也是毫无必要了。

符晓了解自己父母，自然知道这是"赞同"，挺高兴地看了身边的沈懿行一眼。

…………

饭后，沈懿行与符晓继续去看照片，又陪父母聊了好一会儿，直到九点半钟才告辞离开。

符晓父母送了沈懿行一块表。不是什么十分奢华的牌子，但也价格不菲，与沈懿行的礼物价格相当，绝对不会失礼。

符晓将人送到楼下。

"那个，"符晓说，"懿行，谢谢你。"

"谢什么？"

"帮我搞定我的爸妈。"

"只是讲了一点实话而已。"

"不过，懿行，"符晓忽然有点不安，声音不大确定地问，"你说，我们会不会是太过于自信了？"

"嗯？"

"我的父母在社会上打拼多年，见过很多很多的人，他们俩的担忧不会没有道理。觉得一定可以通过考验、一定会在一起一生，会不会只是我们一厢情愿的天真想法？他们……"

沈懿行打断了符晓的焦虑："晓晓。"

"啊？"

"也许真的是天真吧。"沈懿行停住了,"但是,如果你有这个天真想法,我就一定会帮你实现它。"

"懿行……"

"不光是这一个,而是以后所有。"

"……"

"我也说过,我在其他事情上面天赋有限,但是,我却总是十分莫名地认为,我在'喜欢一个人'这件事情上面很有天赋,与普通人都不一样。"

"……"

"所以,可能,我们与别人的恋情不一样的地方,就在天真。"

符晓没有说话,只是静静听着。

"反过来说,如果不是这么天真,也就泯然于众了,不太能接受。"

"不一样,不一样,"符晓嘻嘻笑道,"当然是不一样。"是的,她很天真。在许多人的爱情中,十二点的钟声一过,所有魔法都会消失,高贵的仙女不会再出现,漂亮的衣服也都会消失,于是她们换回灰姑娘的衣服重新回到厨房。可符晓不喜欢,正好,她的王子对她说:晓晓,留在城堡里吧。

楼道外面风有点冷。

沈懿行叫符晓回家:"总之,去留学吧,我会等你。"

说到这里,沈懿行发现,其实自己还是舍不得。

可是他会等她。

等她,鼓励她。

了解她的一切想法,支持她的一切深思熟虑后的决定。

从此风雨同路。

他不逼她做出万分艰难的选择。凡是她想要的,他全都会帮她拥有。

符晓看了看楼道铁门之外，天边又大又亮的月亮。

也许法国也没有那么遥远。

他们还会沐浴同一片月光和星辉呢。

等到她再回来，她就会蜕变成更加好的自己了。

稍微忍耐一下，然后很快就能真正在一起了。

她还在城堡里，而且有更高贵的仙女，更漂亮的衣服。

在这样的夜里，符晓真心觉得高兴。

得到了沈懿行和父母的支持，她能心无旁骛地准备留学了。

重重吸了一口带着小区花香、草香的气息，符晓对沈懿行说了一句"再见"，接着便退回到大铁门的里边，打算再念一个小时的法语。

在上楼的路上，符晓掏出手机，为自己、沈懿行、爸爸、妈妈建了个QQ群，群的名字就叫"十二点后的城堡"。

爸爸妈妈问她群名什么意思，符晓没答。

沈懿行却发了几张魔法效果。那些绚烂的效果令人目不转睛，的确不似人间那些柴米油盐。

那么，就待在里边吧。

符晓微微一笑，拢紧外衣，大步地向电梯跑去。

（番外完）